Arena-Taschenbuch
Band 51190

Ebenfalls in dieser Reihe erschienen:
Kings of Chaos. Zahm wie Schulhofhaie (Band 1)
Kings of Chaos. Bleib locker, Stinktier! (Band 3)

Ebenfalls vom Autor beim Arena Verlag erschienen:
Knapp vorbei ist auch daneben – Ein genialer Chaot packt aus
In der Faulheit liegt die Kraft – Geniale Chaoten fallen nicht vom Himmel
Chaos ist das halbe Leben – Ein verkanntes Genie auf der Überholspur
Erst der Spaß, dann das Vergnügen – Geniale Chaoten bringt nichts auf die Palme
Chillen macht den Meister – Ein genialer Chaot startet durch
Stille Nacht, alles kracht – Ein genialer Chaot überlebt Weihnachten
Im Pyjama um halb vier *(zusammen mit Gabriella Engelmann)*

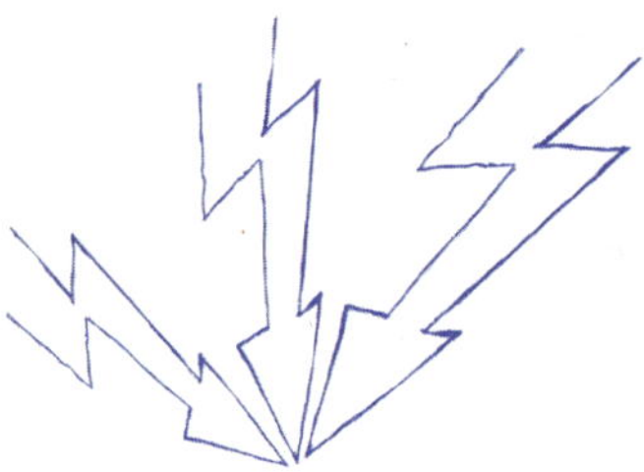

Jakob Musashi Leonhardt,
geboren 1975, ist ein Weltenbummler und in Tokio genauso zu Hause wie in Hamburg. Er hat einige Romane für junge Leser veröffentlicht und ist zudem als Musiker und Sounddesigner tätig. Zu seinen Leidenschaften zählen das Tauchen, japanischer Sencha-Tee sowie die Musik von *Coldplay.*

www.jakob-leonhardt.de

Jakob Musashi Leonhardt

KINGS OF CHAOS

Fit wie ein Faultier

Mit Illustrationen
von Sebastian Heidel

Arena

Arena

Ein Verlag in der *westermann* GRUPPE

MIX
Papier aus verantwortungsvollen Quellen
FSC® C110508
FSC www.fsc.org

1. Auflage im Arena-Taschenbuch 2021

Rottendorfer Straße 16, 97074 Würzburg

Dieses Werk wurde vermittelt durch die Literarische Agentur
Thomas Schlück GmbH, 30161 Hannover
Einband- und Innenillustrationen: Sebastian Heidel
Umschlaggestaltung: Juliane Lindemann
Umschlagtypografie: Sibylle Bader
Gesamtherstellung: Westermann Druck Zwickau GmbH
ISSN 0518-4002
ISBN 978-3-401-51190-0

Besuche den Arena-Verlag im Netz:
www.arena-verlag.de

ABDI: Voll krass, Pythagoras!

Gongeldongelbing! Gongeldongelbing! Gongeldongelbing!

Was ihr da hört, ist das schönste Geräusch der Welt! Es ist die Klingel der Einstein-Gesamtschule, die das Ende des Unterrichts verkündet.

Für Gleb, Jawid, Eymen und mich ist es also Zeit aufzuwachen! Wir so räkel-gähn-kratz-den-Bauch und so. Endlich können wir nach Hause gehen.

Obwohl, Leute, haltet euch fest. Ich, Abdi Halman, Chaoskönig und größter Streichespieler aller Zeiten, habe vorhin sogar im Unterricht mitgemacht. Herr Laddenbeck, unser Mathelehrer, hatte ein Rechter-Winkel-Dreieck an die Tafel gemalt. Dann wollte er wissen, wie viel Grad

zwischen Hypothenusen-Dingsbums und Katheten-Dingsbums ist, wenn der Winkel zwischen Ankatheten-Dingsbums und Hypothenusen-Dingsbums 45 Grad beträgt.

Ich also blätterblätter im Mathebuch, dann lesles und grübelgrübel. Schließlich geht mir eine LED auf. Die Antwort ist Pythagoras-krass einfach. Ich hebe schnippschnapp den Finger. Laddi, so nennen wir Herrn Laddenbeck, kann es gar nicht glauben.

Laddi so: Du meldest dich, Abdi? Willst du etwa auf die Frage angworten? Im Ernst?

Ich so: Ist voll krass Sternenzerstörer-mäßig ernst.

Laddi so: Das ist toll. Also, wie lautet deine Antwort?

Ich so: Binisch alter Eckenchecker, Laddi. Dreieck ist wie mein Bruder Ömer auf Autobahn! Fährt immer 180. Hassu

90-Grad-Ecke und 45-Grad-Ecke, ist letzte Checker-Ecke auch 45 Grad.

Laddi so: Deine Antwort ist also 45 Grad?

Ich so: Ist korrekt. 45 Grad!

Laddi so: Hast du Fieber, Abdi?

Ich so: Nur normales Bin-in-Schule-Fieber, warum?

Laddi so: Weil deine Antwort stimmt.

Ich so: Sicher, wassonst?! Sagisch binisch Eckenchecker.

Laddi so: Ich bin wirklich beeindruckt. Scheint so, als hättest du im Unterricht aufgepasst.

Ich so: Neverever niemals. Sie kennen mich. Ich passe NIE auf! Ist voll Beleidigung.

Laddi so: Du kriegst trotzdem eine Eins.

Ich so: Jetzt habe ich wirklich Fieber! Aber mindestens Blut-kocht-blubbermäßig-100-Grad-ab-ins-Krankenhaus-Fieber.

Das Problem ist, dass Laddi recht hat. Ich habe wirklich aufgepasst. Weil ich – haltet euch fest, Checkers – gar kein Streichekönig mehr bin. Oder besser gesagt: Ich mache gerade Streiche-mäßig Pause. Und zwar schon seit drei Wochen! Habisch seitdem nicht eine Chaosaktion gestartet! Nicht einen Lehrer geärgert! Original zero gar nicht!

Kakadu, unser Direktor, hat nämlich geschworen, mich auf der Stelle von der Schule zu werfen, wenn ich mir auch nur das kleinste bisschen zuschulden kommen lasse. Bin im Moment darum Faultier-mäßig brav. Ist besser so, echt jetzt.

Darf ich vorstellen: Das sind Gleb Golubew, Jawid Ansary, Eymen Kocoglu und ich, Abdi Halman. Zusammen sind wir eine Gang. Genauer gesagt, eine Streiche-Chaos-Gang. Unsere Mitschüler lieben uns, weil wir Abwechslung in den koma-tiefschlaf-mäßigen Schulalltag bringen. Und die Lehrer hassen uns, weil wir den koma-tiefschlaf-mäßigen Schulalltag immer wieder in eine Ich-lach-mich-tot-Party verwandeln. Aber im Moment sind wir friedlich wie eine grasende Schafherde. Original määh-määh-mäßig echt jetzt!

JUSTUS:

Mit vollem Mund spricht man nicht!

Nach der Schule stehe ich mit meinen Buddys, also mit Derek, Rahul, Kira und Adam[2] auf dem Schulhof. Wir sind echte Freunde geworden, obwohl ich ja noch gar nicht so lange auf dieser Schule bin. Aber in den letzten Wochen haben wir gemeinsam eine ganze Menge auf die Beine gestellt. Um genau zu sein, eine ganze Menge Streiche. Und zwar geniale, witzige, chaotische Superstreiche.

Da war zum Beispiel der Hitzefrei-im-Winter-Streich. Oder die Faule-Tomaten-Dusche. Super war auch der Geister-im-Klassenzimmer-Streich! Die ganze Schule stand Kopf. Und wir hatten richtig viel Spaß.

Mit unseren Aktionen haben wir Abdi und die Ghetto-Gang ganz schön herausgefordert. Denn bis dahin war Abdi der

unangefochtene **KING OF SCHOOL**, der Streichekönig der Albert-Einstein-Gesamtschule. Aber das konnte ich natürlich nicht tatenlos hinnehmen. Schließlich war ich an meiner alten Schule der *Streichinator* – der genialste Streichespieler aller Zeiten. Und diesen Ruf wollte ich ganz bestimmt nicht aufgeben, nur weil ich die Schule gewechselt hatte.

Aber es war ja klar, dass Abdi und seine Freunde das nicht einfach so hinnehmen würden.

Darum ist zwischen Abdi und mir ein irrer, verrückter, chaotischer Streichebattle ausgebrochen. Wir wollten herausfinden, wer der wahre **KING OF SCHOOL** ist, also, wer von uns die besten Streiche spielen kann. Eine heftige Aktion folgte der anderen!

Am Ende stand es genau unentschieden. Beide Teams hatten jeweils die Hälfte der Stimmen aller Schüler bekommen.

SCOREBOARD ABDI-JUSTUS-BATTLE:

TEAM ABDI: 500
TEAM JUSTUS: 500

Dann aber ist Abdi mit einem Coup zu weit gegangen. Er hat mehr oder weniger die gesamte Fassade der Schule mit einem riesigen Graffiti verziert: **ABDI KING FOREVER.**

Es war eine beeindruckende und mutige Aktion! Aber auch ziiiiiemlich leichtsinnig. Weil: Wenn man seinen eigenen Namen an die Schule sprüht, ist es nicht soooooo schwer herauszufinden, wer der Übeltäter ist!

Unserem Direktor, Herrn Karwendel-Dussmann, den wir immer nur Kakadu nennen, ist der Kragen geplatzt. Er hat Abdi in sein Zimmer gerufen und ihn so dermaßen zu Kleinholz verarbeitet, dass Abdi danach aussah wie Pinocchio, der in eine Hobelbank geraten ist. Er hat mir fast leidgetan.

Abdi hat natürlich alles abgestritten und behauptet, das Graffiti wäre gar nicht von ihm. Aber dann hat einer aus unserer Klasse, Pierre Lassogowski, ein mega unsympathischer Streberschleimer, in Abdis Schultasche ein paar Spraydosen entdeckt und ihn verpfiffen. Damit war es aus. Abdi wurde hammerhart bestraft. Kakadu hat ihm gedroht, ihn beim nächsten noch so kleinen Streich sofort von der Schule zu werfen!

Seitdem ist Abdi ein Schatten seiner selbst. Er macht keine Streiche mehr, plant keine Chaosaktionen und disst auch keine jüngeren Schüler, die er nicht leiden kann. Er ist hundert Prozent brav!

Wir stehen also auf dem Schulhof herum, starren uns gegenseitig an und sind komplett ratlos. Derek, dessen Lieblingshobby Essen ist, beißt in seinen Nach-der-Schule-vor-dem-Abendessen-Burger und sagt mit vollem Mund: »If kann ef gar nift glauben. Abdi Halman beteiligt fich am Unterrift. Waf kommt alf Näftes? Freibt er in der Klaffenarbeit eine Einf?!«

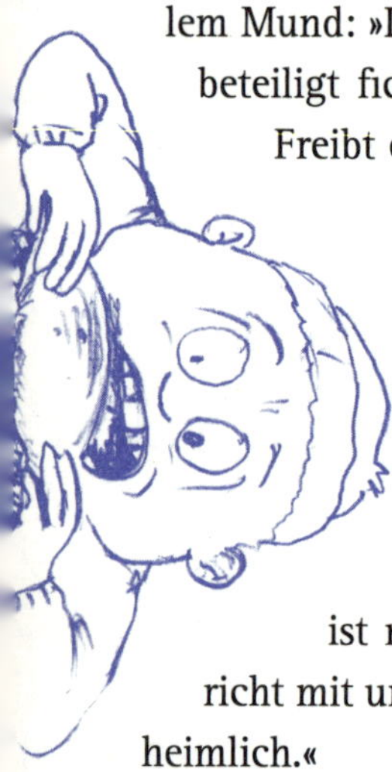

Kira blickt Derek streng an und sagt: »Mit vollem Mund spricht man nicht.«

Derek beißt wieder in seinen Burger und sagt: »If hab aber immer den Mund voll. Muf also auch fo gehen.«

Rahul winkt ab. »Mund voll oder nicht, jedenfalls hat Derek recht. Abdi ist nicht mehr der alte. Er macht im Unterricht mit und bekommt gute Noten. Das ist echt unheimlich.«

Adam[2], der wirklich sehr schweigsam ist, sagt wie immer gar nichts. Aber sein Gesicht verrät, was er denkt. Er findet das Ganze genauso verrückt und traurig wie wir alle.

Schließlich starren die vier mich an und ich zucke mit den Achseln und sage: »Eigentlich müssten wir uns ja freuen. Jetzt, wo Abdi aus dem Rennen ist, gehört die

Schule uns. Wir müssen nur ein paar kleine Streiche spielen und schon sind wir die unangefochtenen **KINGS OF SCHOOL!**«

Die anderen nicken begeistert und wollen am liebsten sofort damit anfangen.

Aber ich schüttele den Kopf und erkläre seufzend: »Das fühlt sich doch nicht richtig an, Leute. Ich meine, wie kann man einen Battle gewinnen, wenn der Gegner gar nicht mehr antritt? So einfach dürfen wir es uns nicht machen. Auf die Art will ich nicht gewinnen. Wir müssen uns schon etwas Besseres einfallen lassen!«

Enttäuscht starren die anderen vor sich hin. Dann fragt Kira: »Und? Hast du schon eine Idee?«

Ich grinse und antworte: »Noch nicht. Aber verlasst euch auf mich. Ihr wisst doch, ich bin der Streichinator. Mir wird schon was einfallen.«

Darf ich vorstellen: Das sind Derek Müller, Rahul Gupta, Kira Nguyen, Adam² und ich, Justus Bachmann. Abdi hat mir den Spitznamen Justus Bieber verpasst – oder einfach nur Bieber. Die anderen nennt er: den Walfisch, den Zwerg, das Jungemädchen und den schwarzen Riesen. Aber das ist uns egal. Spitznamen sind Ehrennamen. Wir sind nicht unbedingt eine Gang. Wir sind eher Wissenschaftler. Genauer gesagt, sind wir Streichologen. Gemeinsam hecken wir jede Menge Streiche, Chaosaktionen und andere Genialitäten aus. Dafür lieben uns unsere Mitschüler. Und dafür hassen uns die Lehrer. Im Moment sind wir aber traurig. Weil unser Lieblingsfeind uns verlassen hat.

ABDI:
Nix da!

Es ist später Nachmittag. Die Checkers und ich sitzen in *Uncle Serhat's Dream Döner,* dem Imbiss meines Onkels. Wir trinken Tee, naschen *Sigara Böregi* und starren auf den Fernseher, wo Musikclips laufen.

Das Lokal meines Onkels ist nicht einfach ein Imbiss. Dafür habe ich gesorgt. Es ist eher eine Art türkischer Diner mit coolen Möbeln und leckerem Essen – sozusagen ein Döner-Diner. Hinten gibt es noch einen Shisha-Raum, wo die älteren Jungs und Girls abhängen.
Ich helfe hier als Kellner aus und bessere so mein Taschengeld auf.

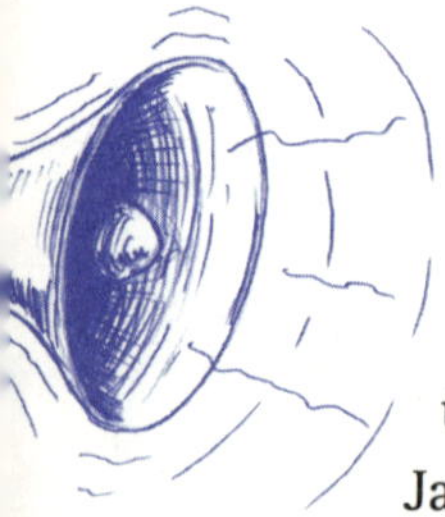

Gleb, er kommt aus Kasachstan, sagt mit schnarch-langsamer Leierstimme: »Mann, Leute. Seit wir keine Streiche mehr spielen, ist mir total langweilig. Mir ist schon richtig übel vor Langeweile.«

Jawid, ein krass cooler Afghanistan-Checker, nickt träge und sagt: »Wollte ich auch gerade sagen. Aber mir ist so langweilig, dass ich vor Langeweile gar nicht mehr sprechen kann.«

Eymen, der ein bisschen langsam im Kopf ist, fragt: »Was habt ihr gesagt? Ach, ist auch egal. War bestimmt langweilig.«

Dann drehen sich alle drei Checker zu mir um und gucken mich böse an. Als ob ich schuld daran wäre, dass sie an *Morbus Schnarch*, sprich tödlicher Langeweile, leiden.

Ich reibe mir mit der Hand durchs Gesicht und sage: »Es tut mir echt voll leid, Checkers. Aber im Moment dürfen wir nun mal kein Chaos anrichten. Kakadu macht mich sonst zu Kleinholz.«

Gleb sagt: »Er hat doch nur gesagt, dass er dich von der Schule schmeißt, wenn du noch was ausfrisst.«

»Eben«, antworte ich.

»Lieber von der Schule fliegen als vor Langeweile sterben«, meint Jawid.

»Aber wenn ich von der Schule fliege, wird dieser nervtötende Justus-Bieber-Typ auf jeden Fall KING OF SCHOOL. Das geht gar nicht«, protestiere ich.

»Aber so wird er jetzt auch King. Weil wir uns in tiefgefrorene Mumien verwandelt haben, die keine Streiche mehr aushecken«, gibt Gleb zu bedenken.

»Du machst sogar schon im Unterricht mit. Bist ein voll peinlicher Ich-liebe-alle-Lehrer-Streber geworden«, sagt Jawid giftig.

»Das war ein Versehen«, verteidige ich mich.

Gleb grinst seltsam. »War aber schon cool, was du über Pythagoras, den alten Eckenchecker, gesagt hast. Kannst du mir das nicht mal erklären, oder so? Ich könnte auch eine gute Note gebrauchen.«

»Echt jetzt, oder was?«, frage ich.

Gleb nickt. Und Jawid und Eymen nicken genauso.

Dann passiert etwas Jedi-Ritter-mäßig Unfassbares. Wir vier – die gefürchtetste Streichecombo südlich des Nordpols und nördlich des Südpols – sitzen um den Tisch herum und studieren gemeinsam unser Mathebuch. Wir zücken sogar die Bleistifte, malen dreieckige Vierecke

und viereckige Dreiecke, rechnen Winkelsummen aus und schwingen den Zirkel, um den Cosinus vom Tangenten-Dingsbums zu bestimmen. Oder so.

Mann, hoffentlich sieht uns keiner, den wir kennen. Mein Image als Oberchaot und König der Streiche wäre ruiniert. Voll peinlich, das hier! Muss mir morgen in der Schule unbedingt Mühe geben, eine schlechte Note zu bekommen!

JUSTUS:

Was soll das?

Ein paar Tage später ist alles noch viel schlimmer. Jetzt beteiligt sich nicht nur Abdi am Unterricht, sondern auch die anderen Mitglieder der Ghetto-Gang. Sie schnippen im Matheunterricht mit den Fingern, schreiben in Physik die korrekten Formeln an die Tafel und tragen in Deutsch Gedichte von Goethe und Schiller vor!

Zugegeben, Abdi wandelt Goethe so ab, wie es ihm passt:

In Bergen nix los
Im Wald nix los
Vögel halten Schnabel
Bissu auch bald tot.

Danach muss Frau Brinkmann-Ludewig, unsere Deutschlehrerin, die wir alle nur Bri-Lu nennen, ihr Notfall-Asthmaspray nehmen. Aber eine gute

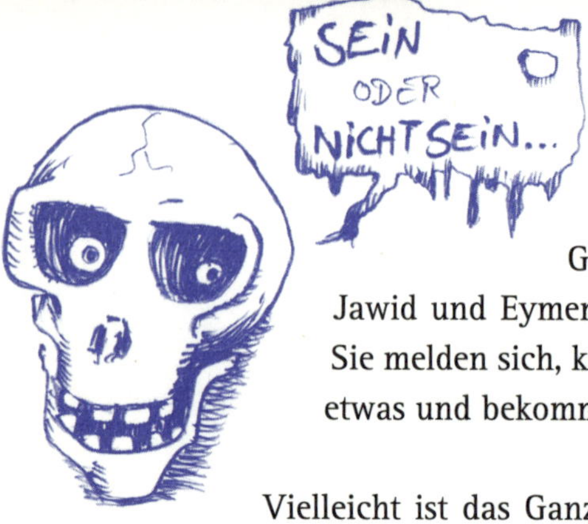

Note bekommt Abdi trotzdem. Bei den anderen Gangstern, also Gleb, Jawid und Eymen, läuft es genauso. Sie melden sich, kommen dran, sagen etwas und bekommen gute Noten!

Vielleicht ist das Ganze ja auch eine Art Streich, den sie uns spielen? Der Wir-verwandeln-uns-in-Streberschüler-Streich? Aber was soll das? So ein Streich ist weder witzig noch chaotisch noch cool.

Nein, so geht es nicht weiter! Wir müssen Abdi und die Gangster wieder zum Leben erwecken! Schließlich will ich meinen BFE zurückhaben – meinen Best Feind Ever. Aber zum Glück habe ich eine Idee, wie es klappen könnte. Sogar eine geradezu geniale Idee, denn mit ihr lassen sich zwei Fliegen mit einer Klappe schlagen. Ich werde nicht nur Abdi befreien und ihm ermöglichen, dass er wieder Streiche spielen kann. Ich werde ihm mit der gleichen Aktion auch beweisen, dass ich der größere Chaosmacher von uns bin.

ABDI:
Ich bin genial

Wir sitzen zu Hause beim Abendbrot. Meine Mutter hat superleckere *Mercimek Corbasi* gekocht und *Imam Bayildi* und *Börek* gebacken. Es ist immer superlustig, wenn wir alle zusammen um den Esstisch sitzen. Meine Brüder Mehmet, Berat und Ömer reden über Autos, Fußball und die Firma, die sie gründen wollen (ein Start-up! Irgendwas mit Computern und einem 3D-Drucker. Sie werden garantiert reich!). Meine Schwestern Dafne, Fatma und Yasemin reden über Klamotten, Urlaub und den Laden, das sie aufmachen wollen (eine Mischung aus Restaurant und Klamottenladen! Sie werden garantiert auch reich!). Mein *Baba,* mein Vater, erzählt von seinem Job als Polizist und meine *Anne,* meine Mutter, erzählt von den tausend Onkels und Tanten, die wir haben. Eigentlich reden alle durcheinander und am Schluss weiß keiner mehr, wer eigentlich was gesagt hat. Aber das ist auch egal.

So ist es normalerweise. Aber heute ist es anders. Heute sagt niemand etwas. Dafür gucken alle mich an. Und alle

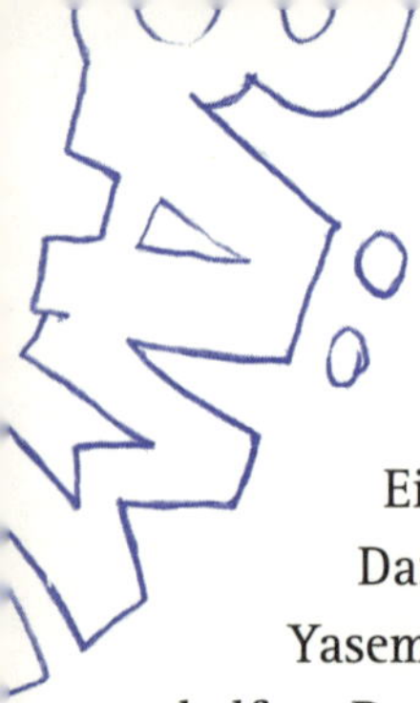

lächeln und reichen mir die Schüsseln an und sagen nette Dinge.

Anne: Hier, Abdi, nimm eine Pide.

Baba: Und hier hast du noch fünf Böreks. Ein Genie wie du muss ordentlich essen.

Dafne: Ich schenk dir noch Cola ein.

Yasemine: Du musst auch nicht beim Abräumen helfen. Du darfst sofort in dein Zimmer und Hausaufgaben machen. Weil, du machst doch gerne Hausaufgaben, oder?

Fatma: Ach, wenn das unser Opa sehen könnte. Ein Halman-Junge macht Schularbeiten! Das hat es seit hundert Generationen nicht gegeben.

Ömer: Jaja, verwöhnt den kleinen Streber!

Berat: Abdi hat eine Eins in Mathe? Und in Deutsch auch? Und in Bio? Er kann unmöglich unser Bruder sein!

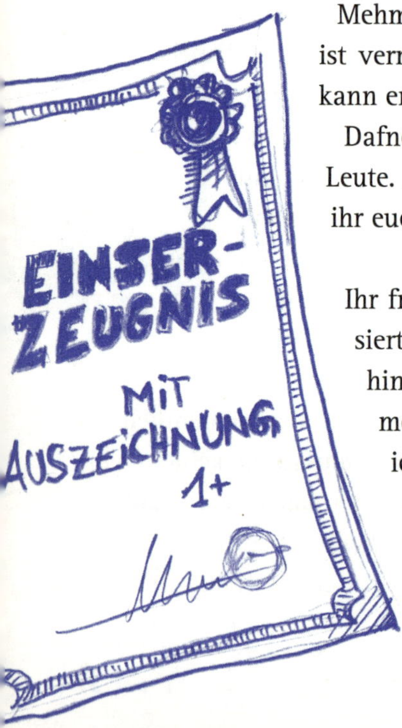

Mehmet: Vielleicht ist er krank? Er ist verrückt geworden! Nur deshalb kann er in der Schule plötzlich alles.

Dafne: Hört auf, ihn zu ärgern, Leute. Abdi ist genial! Damit müsst ihr euch abfinden!

Ihr fragt euch bestimmt, was passiert ist, oder? Ganz einfach. Vorhin hat Kakadu angerufen und meinen Eltern erzählt, wie sehr ich mich verändert habe. Und dass ich gute Noten bekomme und so toll im Unterricht mitarbeite.

Anne: Wir sind so stolz auf dich, Abdi! Ich wusste immer, dass du ein kluger Junge bist.

Mehmet: Echt? Das wusstest du? Aber du hast doch immer gesagt, Abdi wäre unterbelichtet?!

Baba: Hat sie nicht. Sie meinte nur, er hat mehr drauf, als er zeigt. Weil er es bisher halt nicht gezeigt hat!

Berat: Hat er wohl. Er ist ein Chaot und das hat er auch klargemacht!

Dafne: Aber jetzt ist er kein Chaot mehr. Sondern ein Einserschüler!

Ömer: Ich glaube eher, Abdi kann so gut pfuschen, dass es keiner merkt. Aus ihm wird mal ein großartiger Trickbetrüger. Respekt, Bruder!

Yasemin: Red nicht so einen Quatsch, Ömer.

Fatma: Gepfuscht oder nicht. Eine gute Note ist ein Grund zum Feiern. Schließlich ist das noch nie vorgekommen!

Anne: Du wirst bestimmt mal Professor, Abdi. Dann bekommst du den Nobelpreis! Und in hundert Jahren wird es eine Abdi-Halman-Schule geben!

Ömer: Eher ein Abdi-Halman-Irrenhaus.

Berat: Oder ein Abdi-Halman-Gefängnis.

Baba (mit donnernder Stimme): Seid ruhig und lasst euren Bruder in Ruhe! Endlich sind meine Gebete erhört worden und ich habe wenigstens einen Sohn, der kein Taugenichts ist! Aber, Abdi – enttäusch mich nicht!

Ist euch aufgefallen, dass sich einer aus der Familie nicht am Gespräch beteiligt hat? Genau – ich! Ich sage zero-mäßig gar nichts.

Klar, ich bin schon ein bisschen stolz auf mich. Fühlt sich gar nicht schlecht an, so eine gute Note zu bekommen! Aber trotzdem ... eigentlich will ich viel lieber wieder Streiche spielen.

Oder sollte ich den Job als Oberchaot und Streichechecker vielleicht doch endgültig an den Nagel hängen? Und wirklich zum Streberschüler werden? Denn mal ehrlich, was klingt besser: Abdi Halman, der Oberchaot? Oder Abdi Halman, das Mathegenie?

Aber dann denke ich wieder: einmal Chaot, immer Chaot. Außerdem, wer sagt eigentlich, dass man nicht beides sein kann? Ein Genie! Und ein Chaot! Sozusagen ein genialer Chaot!

JUSTUS:

Der Plan

Am nächsten Tag in der großen Pause trommel ich die Jungs zusammen. Wir versammeln uns in unserem Geheimversteck im Gebüsch hinter der Turnhalle.

Derek, Kira, Rahul und Adam[2] haben dieses ganz spezielle fette Grinsen im Gesicht. Sie kennen mich schließlich. Ein Treffen im Geheimversteck kann nur eins bedeuten: Ich, der Streichnator, habe etwas ausgeheckt. Wir bereiten einen Superstreich vor!

Derek schiebt sich ein fett belegtes Einmeter-Baguette in den Mund. Dann sagt er: »Lof, verrat schon, Justuf. Waf haft du dir aufgedacht? Wie fieht unser neuer Freich auf?«

Rahul hüpft gespannt von einem Bein aufs andere: »Werden wir einen Lehrer reinlegen? Oder einen unserer Mitschüler? Nein, lass mich raten! Wir sorgen wieder mal dafür, dass wir schulfrei bekommen, stimmt's?«

»Nun sag schon, Justus. Spann uns nicht länger auf die Folter! Wie sieht der Coup aus, den du dir ausgedacht hast?«, fragt auch Kira.

Sogar Adam², der halt nie etwas sagt, sieht mich mit aufgerissenen Augen an und platzt fast vor Neugier.

Ich genieße die Ungeduld der anderen und lasse mir viel Zeit mit einer Antwort. Dann sage ich: »Diesmal legen wir niemanden rein, weder einen Mitschüler noch einen Lehrer. Es wird auch kein schulfrei geben. Unsere nächste Aktion hat ein anderes Ziel. Es wird sehr kompliziert werden und braucht einiges an Vorbereitung. Aber es wird sich lohnen, das verspreche ich euch!«

»Und was ist es? Nun, sag schon!«

»Wir werden einen Rettungsstreich durchführen!«

»Einen was?«, fragen alle wie aus einem Mund und sehen mich ratlos an. Sogar Adam² ist dabei.

»Einen Rettungsstreich. Man könnte es auch einen Erste-Hilfe-Streich nennen.«

»Und was soll das sein?«, fragt Rahul.

»Das ist ein Streich, bei dem es nicht darum geht, jemanden reinzulegen, sondern jemanden zu retten.«

»Und wen retten wir?«, fragt Kira.

»Wen schon? Unseren Lieblingsfeind natürlich«, erkläre ich grinsend.

»Du meinst aber nicht zufällig Abdi Halman und seine Idioten-Gang, oder?«, fragt Derek. Er ist so durcheinander, dass er sogar für einen Moment vergisst zu essen.

»Doch, genau die meine ich. Wir wollen doch den Battle endlich zu Ende bringen. Aber dafür brauchen wir unsere Gegner. Also müssen wir sie retten. Ist logisch klar, oder was?!«

»Das hätte Abdi genauso gesagt«, sagt Derek kopfschüttelnd.

Die Jungs grübeln eine Weile herum, diskutieren das Ganze, und schließlich ist es ausgerechnet Adam[2], der sonst nie etwas sagt, der jetzt aber doch etwas sagt: »Justus hat recht. Ohne Abdi können wir den Battle nicht gewinnen, weil es ohne Gegner keinen Battle gibt. Also müssen wir Abdi und seine Hohlbirnen aus dem Streiche-Nirwana retten. Allerdings weiß ich wirklich nicht, wie wir das anstellen sollen! Kakadu hat damit gedroht, Abdi von der Schule zu werfen, wenn er sich auch nur die kleinste Aktion leistet!«

Ich setze mein Streichinator-Grinsen auf. »Genau dafür gibt es ja den Rettungsstreich. Ihr werdet schon sehen. Es wird richtig harte Arbeit. Wir müssen alles geben. Aber es wird auch ein großer Spaß, das verspreche ich euch. Und am Ende werden alle zufrieden sein. Hört zu, ich erkläre euch, was wir machen.«

ABDI:

Hilfe, ich bin gut in der Schule!

Ein paar Tage später. Es ist große Pause. Die Checker und ich hängen auf dem Schulhof bei den Fahrradständern ab. Wir sind gerade laberlaber-quatschquatsch-mäßig am Reden, als drei Minischüler aus der fünften Klasse an uns heranrücken.

Einer von ihnen tippt mir krass respektlos mit dem Finger auf die Schulter und sagt mit seiner Quietsch-Zwergenstimme: »Du, Abdi! Dürfen wir dich mal stören?«

Ich drehe mich ganz laaaangsam herum. Ungefähr wie ein Tyrannosaurus Rex, der die Witterung eines leckeren kleinen Zwergsauriers aufgenommen hat. Ich sehe zu dem Minischüler hinunter, stoße ein T-Rex-

Knurren aus und frage: »Wer bissu? Was willsu?«

»Ich heiße Kevin und wollte mal fragen …«

»Wie alt bissu, Kevin?«

»Zehn.«

»Willsu elf werden?«

»Ja, schon. Also ich wollte fragen, ob du …«

Der Kleine labert einfach weiter, als wäre nichts passiert. Kann das wirklich sein? Hat der letzte Tyrranosaurus abgedankt? Bin ich vom Aussterben bedroht? Haben die Zwerge wirklich dermaßen zero-null-gar keinen Respekt mehr? Ist eine Drohung von mir nichts mehr wert?

Ich unterbreche den Mini-Kevin und sage zu ihm und seinen Freunden: »Hört genau zu, ihr Schrumpfbirnen-Geschwader. Wenn ihr mit mir reden wollt, müsst ihr erst Antrag stellen. In dreifacher Ausfertigung. Wird dann von meinem Sekretär geprüft. Kriegt ihr in zwei Jahren Termin. Vielleicht. Und jetzt zieht ab!«

Normalerweise würden die Babys aus der Fünften in so einem Moment schneller abzischen als eine Sylvesterrakete. Aber nichts passiert. Die Kleinen kichern, als hätte ich einen guten Witz gemacht. Dann sagt der zweite von ihnen, er heißt Yusuf: »Du bist immer so witzig, Abdi. Echt! Aber egal. Du bist ein Einser-Checker-Schüler. Total schlau und fleißig und so. Voll Vorbild! Darum wollten wir dich fragen, ob du uns Nachhilfe geben kannst? Wär echt soooo super.«

Ich sehe die drei an und denke, dass mich jemand Lord-Voldemort-mäßig verflucht haben muss. Voll Vorbild?

Ich? Nachhilfe? Von mir? Was ist das bitte schön für ein Hohlbirnen-Schwachsinn?

Dann kapiere ich. Ich nicke den dreien zu und sage: »Ihr wollt Nachhilfe im Streichespielen, korrekt? Ich soll euch beibringen, wie man Lehrer so richtig fertigmacht, checkisch? Klar, kann ich euch beibringen, Leute. Ich mache euch zu krassen Mini-Checkern.«

Die drei lachen kicherkicher-mäßig, dann sagt der dritte von ihnen, der Pawel heißt: »Aber nein, Streiche spielen, das lernen wir lieber von Justus Bachmann. Der ist nämlich der KING der Streichespieler. Von dir wollen wir einfach nur Mathe-Nachhilfe! Und Deutsch-Nachhilfe! Und vielleicht kannst du uns auch Physik beibringen, weil da hast du doch auch eine Eins!«

Schnauf, stöhn, röchel, kotz. Ich bin wohl wirklich magiemäßig verflucht worden. Kann nicht anders sein. Brauche dringend ein Sauerstoffzelt und eine Hirntransplantation. Die Minischüler wollen wirklich Nachhilfe – von mir! Ist das peinlich, oder was? Und von Justus Oberschwachkopf Bachmann, meinem BFE, wollen sie Nachhilfe im Streichespielen. Verdammt, was ist nur passiert mit mir?! Mein guter

Ruf ist voll gammeldöner-mäßig im Eimer.

Die Schule ist aus und ich will so schnell wie möglich nach Hause. Bin fast schon am Schultor, als das nächste Horror-Geschwader aufkreuzt und mir den Weg abschneidet.

Diesmal sind es aber keine Zwergenschüler aus der Fünften. Es ist Todesstern-mäßig krasser. Es ist Albtraum-Horrorfilm-Geisterbahn-mäßig katastrophal. Weil: Es sind ausgerechnet Miriam Markowski, Jelena Krausewohl und Paksoy Dimsum, die sich mir in den Weg stellen. Die drei haben einen IQ von tausend oder so, tragen dicke Brillengläser vor den Augen und Monster-Zahnspangen im Mund. Sie sind so schlau, dass sogar die Lehrer Angst vor ihnen haben, weil sie alles besser wissen.

Außerdem sind Miriam, Jelena und Paksoy die Präsidentinnen des *CSG*, des CLUBS DER SCHLAUEN UND GENIALEN. Das ist der Elite-Exklusiv-Club der besten Einserschüler am Einstein. Für mich könnte es auch der CLUB DER CHOLERA-KRANKEN UND PEST-ÜBERTRÄGER sein. Ich will mit denen genauso wenig zu tun haben wie die mit mir. So war's wenigstens bis jetzt!

Miriam, Jelena und Paksoy grinsen mich mit ihren Zahnklammer-Mündern an. Dann sagt Miriam: »Hallo, Abdi. Herzlichen Glückwunsch zu deiner Eins in Mathe.«

»War Versehen. Laddi wollte mir eigentlich Sechs geben.«

Jelena kichert und sagt: »Du musst dich vor uns nicht verstellen, Abdi. Wir wissen, wenn jemand hochbegabt ist.«

»Ja, und ich weiß, wenn jemand tiefbekloppt ist.«

Paksoy (die übrigens ganz nebenbei krass hübsch ist) sagt: »Hochbegabte erkennen einander, Abdi. Wir wissen darum, dass du in Wahrheit auch genial bist. Und fleißig. Und strebsam. Schließlich machst du jetzt keine Streiche und Chaosaktionen mehr. Darum wollten wir dich fragen, ob du nicht Mitglied im *CSG* werden willst!«

»Ich äh ... WAS?«

Jelena räuspert sich und fragt wie auswendig gelernt: »Hörsu, Digga. Wollten wir fragen, ob du in unsere

Superschlau-Checker-Club mitmachen willst. Was sagsu?!«

Ich will mich Mozartkugel-mäßig über den Boden rollen und totlachen. Aber dann reiße ich mich zusammen. »Ihr könnt neverever hochbegabt und superschlau sein, wenn ihr mich das fragt. Denn mal ehrlich, ich würde lieber im Club der Pestbazillen-Dompteure Mitglied werden als bei euch.«

»Ach, Abdi, du musst nicht immer so abweisend sein. Wir könnten dich sogar zum neuen Club-Präsidenten wählen. Wirklich. Das fänden wir total toll. Was sagst du?«

Ich sehe die drei Zahnspangen-Zombies an und bin mir nun wirklich sicher, dass mich jemand geistermäßig verflucht hat. Ich soll Club-Präsident bei den IQ-Monstern werden? Ist ja wohl ein Witz, oder?

Voll Quatsch, nein! Jetzt wird mir klar, das muss ein Albtraum sein! In Wirklichkeit schlafe ich bestimmt noch tief und fest. Gleich wache ich auf und bin erleichtert, weil ich nie eine gute Note hatte und nie von den Zwergenschülern und den Zahnspangen-Girls belagert wurde.

Als ich nach Hause komme, fängt meine Mutter mich direkt an der Tür ab. Sie strahlt wie ein kaputtes Atomkraftwerk und flötet: »Abdi! *Canim benim!* Mein Schatz, ich bin ja so stolz auf dich!«

»Du auch noch? Was los?«, knurre ich.

»Herr Lattenbeck, dein Mathematiklehrer, hat angerufen! Er hat

gesagt, dass er dich mit zur nächsten Mathe-Olympiade nehmen möchte. Du hättest dich in letzter Zeit so toll entwickelt und wärst ein echtes Vorbild für andere Schüler geworden.«

»Aber … aber … aber …« Ich stottere herum wie C-3PO mit Wackelkontakt.

»Wir sind so stolz auf dich, Abdi! Herr Lattenbeck meinte noch, dass es ihm schrecklich leidtut, dass er dich früher für den schlimmsten und hirnlosesten Superchaoten gehalten hat, der zu faul ist, das kleine Einmaleins zu lernen. Jetzt aber wisse er, dass du in Wahrheit ein kluger und fleißiger Schüler bist! Ach, Abdi! Komm her, lass dich küssen!«

Bevor meine Mutter mich abschlabbern kann, mache ich erneut die Sylvesterrakete und zische ab in mein Zimmer. Dort schalte ich meine Musikanlage an und höre so laut *Haftbefehl,* dass meine Subwooverbox noch drei Straßen weiter die Fensterscheiben zum Zittern bringt. Ich schmeiße mich aufs Bett und versinke in einer düsterschwarzen Grübellaune. So geht es einfach nicht weiter mit mir. Ich muss mir unbedingt etwas einfallen lassen.

JUSTUS:
Autogramme für die Kreisch-Mädels

Ich hänge zu Hause in meinem Zimmer ab und klimpere auf meiner Gitarre.

Meine Schwester Luisa behauptet immer, dass jeder Zirkusschimpanse, dem man eine Ukulele in die Hand drückt, besser spielt als ich. Aber das ist Quatsch. Ich kann zwar wirklich nur fünf Akkorde. Aber ein großer Musiker braucht ja noch andere Fähigkeiten, als einfach nur sein Instrument zu beherrschen. Und da bin ich ganz weit vorne. Was ich zum Beispiel richtig gut kann, ist, in UNGEWÖHNLICHEN POSITIONEN Gitarre spielen.

Hier zum Beispiel liege ich komatös auf meinem Bett und spiele im Liegen ein Stück von Ed Sheeran.

Und hier hänge ich wind-
schief in meinem Sitzsack
und spiele das Solo aus
»Shape of you« – auch
von Ed Sheeran.

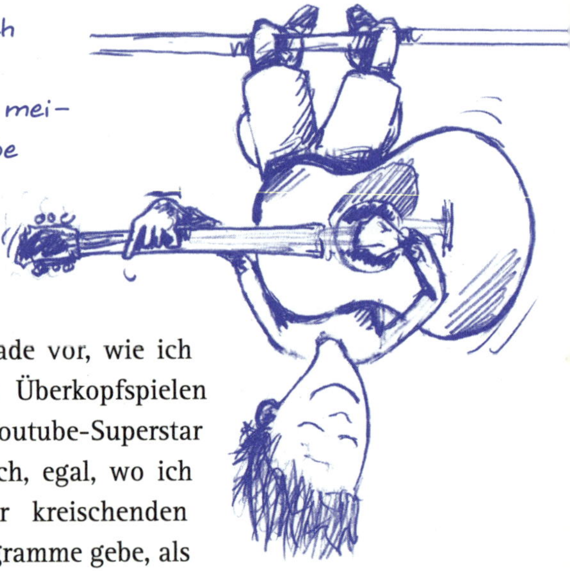

Und hier hänge ich
kopfüber an der
Klimmzugstange mei-
nes Dads und gebe
»Galway Girl«
zum Besten.

Ich stelle mir gerade vor, wie ich mich selbst beim Überkopfspielen filme und ein Youtube-Superstar werde und dass ich, egal, wo ich hinkomme, lauter kreischenden Fan-Mädels Autogramme gebe, als mich die Stimme meiner Mutter aus den Gedanken reißt. Sie ruft mich und Luisa von unten zum Abendessen. Ich springe vom Bett und will gerade die Treppe runterrennen, als auch Luisa auftaucht. Wie fast jedes Mal stoßen wir zackbumm zusammen. Und genau wie jeden Tag geraten wir deswegen in Streit.

»Mann, Justus. Warum musst du immer genau da entlanggehen, wo ich gerade laufe?«, pflaumt Luisa mich an.

»Es ist umgekehrt. Du bist immer da, wo ich hinwill.«

»Aber anders als du habe ich Augen im Kopf.«

»Mit denen du aber nicht gucken kannst.«

»Das musst du gerade sagen, du Blindfisch. Was war das eigentlich gerade für ein Lärm aus deinem Zimmer?«

»Ich habe Gitarre geübt.«

»Und ich dachte, Malcom hat wieder Blähungen und heult, weil ihm der Bauch wehtut.«

Malcom ist unser Familienhund. Es stimmt schon, was Luisa sagt. Malcom hat öfter mal Verdauungsbeschwerden und dann gibt er seltsame Quietschlaute von sich.

»Aus deinem Zimmer habe ich aber auch komische Geräusche gehört«, erkläre ich. »Klang wie eine Katze, die sich den Schwanz in der Tür eingeklemmt hat.«

»Sehr witzig, Justus. Ich habe gesungen, das weißt du genau.«

»Du hast gesungen? Echt jetzt? Und ich dachte, wenn es keine Katze ist, muss es ein Meerschweinchen sein, das grausam gefoltert wird und vor Schmerzen wimmert.«

Luisa zeigt mir daraufhin den Finger. Klar, beim Thema Singen ist sie empfindlich. Sie träumt nämlich davon, Karriere als Popstar zu machen. In ihrem Zimmer hat sie einen riesigen Spiegel aufgehängt, vor dem sie stundenlang singt und Dance-Moves übt. Einmal haben wir sogar zusammen eine Performance einstudiert, ich an der Gitarre und sie als Sängerin. Seltsamerweise kam schon fünf Minuten später unser Dad ins Zimmer gestürmt. Er dachte, wir werden entführt und schreien um Hilfe. Ich habe mich totgelacht, aber Luisa war total sauer.

Kurz darauf sitzen wir am Abendbrottisch und ich muss dieselbe Diskussion wie jeden Abend über mich ergehen lassen. Es geht darum, dass zwar lauter leckere Sachen auf dem Tisch stehen, ich sie aber nicht essen darf. Stattdessen erklären mir meine Eltern, dass man sich nicht ausschließlich von Nutella, Fleischsalat und Mayonnaise ernähren kann.

»Aber wieso haben wir dann all diese Sachen im Haus?«, will ich wissen.

»Weil sie eine Art Belohnung sind«, erklärt Mom.

»Und ich dachte, es sind Lebensmittel«, sage ich stöhnend.

Mein Dad meint: »Ich erkläre es dir, Justus. Wenn du

erst ein Brot mit Käse und dann eines mit Wurst isst, dann kannst du danach auch eins mit Nutella essen. Sozusagen als Zugabe. Aber nicht als Hauptsache.«

»Könnten wir es nicht umgekehrt machen? Ich esse erst zwei Nutellabrote als Hauptding, und wenn ich dann noch Hunger habe, dann esse ich als Zugabe ein Käsebrot?«

»Netter Versuch, Justus. Aber so funktioniert es nun mal nicht.« Dad zuckt mit den Achseln.

Das ist sein Lieblingsspruch, wenn ich ihm eine Frage stelle, auf die er keine Antwort hat. *Netter Versuch, aber so funktioniert es nun mal nicht.*

Ich hasse diesen Satz. Weil er eigentlich etwas ganz anderes bedeutet, nämlich: *Du tust, was ich dir sage, und ich habe keine Lust, weiter darüber zu diskutieren.*

Ich habe den Spruch auch mal benutzt, aber das ist leider gründlich schiefgegangen. Vielleicht weil ich ihn zur falschen Person gesagt habe. Es war nämlich ganz zufällig unser Direktor Kakadu. Das war vor zwei Monaten oder so. Kakadu hatte mich mal wieder ins Direktorenzimmer gerufen. Jemand hatte die Kekse in der Keksdose im Lehrerzimmer mit Extrahot-Dead-or-Alive-Chilli-Sauce getränkt (das ist die mit dem Totenkopf auf der Flasche). An dem Tag ist ziemlich viel Unterricht ausgefallen, weil einige Lehrer leider nicht mehr sprechen konnten und immer nur heulen mussten. Kakadu hat mich also ins Lehrerzimmer gerufen und gesagt: »Es gibt einen Zeugen, Justus. Er hat gesehen, wie du ins Lehrerzimmer geschlichen bist.«

»Der Zeuge lügt. Und geschlichen bin ich auch nicht.«

»Ich glaube eher, du lügst.«

»Netter Versuch, Kakadu. Aber so funktioniert es nun mal nicht.«

»Wie bitte?«

»Netter Versuch, aber ...«

Weiter bin ich nicht gekommen, weil Kakadu daraufhin mit einem Wutausbruch reagierte. Außerdem musste ich eine Woche lang nachsitzen.

Ich habe gerade aufgekaut, als es an der Tür klingelt. Es ist Derek, mit dem ich mich verabredet habe. Er ist ein bisschen zu früh, kommt in die Küche und sieht mit großen, hungrigen Kulleraugen auf den gedeckten Abendbrottisch.

Meine Mom begrüßt ihn. Sie kennt Derek schon und weiß, dass er hier in der neuen Stadt mein bester Freund ist. »Hallo, Derek. Wir freuen uns, dass du dich mit Justus angefreundet hast. Hast du schon Abendbrot gegessen? Willst du vielleicht ...«

»Ja, gerne«, sagt Derek, noch bevor meine Mutter ihren Satz zu Ende gesprochen hat.

Natürlich war das ein Fehler. Aber was soll's. Dann muss sie halt morgen einkaufen gehen.

Hier seht ihr ein Schwarzes Loch, das alle Materie einer Galaxie einsaugt.

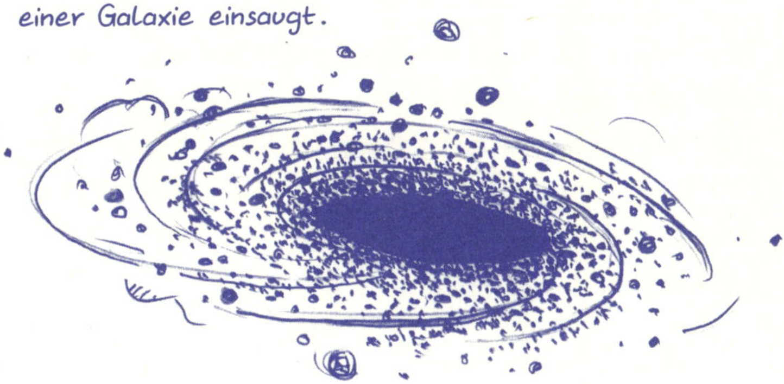

Hier seht ihr Derek Müller, der sämtliche Lebensmittel auf unserem Küchentisch einsaugt.

Nach dem Essen hänge ich mit Derek in meinem Zimmer ab. Etwas später kommen auch Kira, Rahul und Adam^2 dazu. Meine Mom bringt uns ein Tablett mit selbst gemachter Limonade und Keksen. Wir machen es uns gemütlich und besprechen den Stand bei unserem Wir-retten-Abdi-Streich.

»Also, Leute. Hat alles so geklappt, wie wir es besprochen haben?«, frage ich.

Rahul meldet sich als Erster zu Wort. Er hebt seine Hände hoch, an denen ein paar pralle rote Blasen glänzen, und sagt: »Da soll noch mal jemand behaupten, Streiche spielen wäre keine harte Arbeit ... drei Stunden lang habe ich den Clubraum vom CSG gewienert. Ich habe Bücherregale abgestaubt, den Boden und die Fenster geputzt, alle Bleistifte gespitzt und die Tasten auf der Computertastatur einzeln sauber gemacht. Am Ende waren Miriam, Jelena und Paksoy zufrieden mit mir. Aber es ist ein ganz schon hoher Preis, nur damit sie Abdi fragen, ob er in ihren Verein eintritt. Hoffentlich hat es sich gelohnt.«

»Hat es garantiert. Das verspreche ich dir«, erkläre ich. »Trotzdem bekommst du einen Sonderapplaus für deine Einsatzbereitschaft für unser Streicheteam.«

Wir applaudieren und Rahul grinst und verbeugt sich.

Ich blicke zu Kira und frage: »Wie ist es bei dir gelaufen?«

Kira, der zwar ein Junge ist,

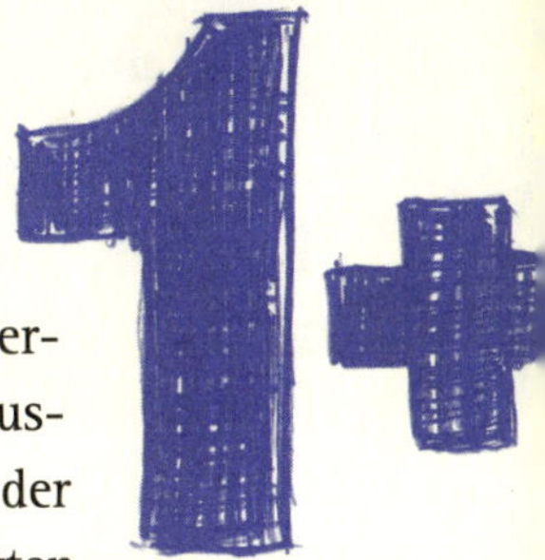

sich aber anzieht wie ein Mädchen, stößt ein lautes Kichern aus. Dann sagt er: »Wie am Schnürchen. Aber es war trotzdem echt anstrengend. Immerhin muss ich eine Woche lang die Hausaufgaben von diesen drei Jungs aus der fünften Klasse machen. Doch sonst hätten sie Abdi nie gefragt, ob er ihnen Nachhilfe geben kann. Sie haben Angst vor ihm. Aber ich denke, es hat funktioniert. Ich kann mir richtig gut vorstellen, wie Abdi aus der Wäsche geguckt hat, als die drei vor ihm standen.«

Auch Kira bekommt einen Sonderapplaus von uns.

Als Dritter ist Derek mit seinem Bericht dran. Auch für ihn war es ein hartes Stück Arbeit. Das Ganze hatte schon vor einigen Tagen begonnen. Als Erstes musste er eins von Abdis Schulheften klauen, um seine Handschrift nachzumachen.

Dann hat er einen gefälschten Brief an Herrn Laddenbeck verfasst. Er hat geschrieben, dass er – also Abdi – soooooooo gerne bei der Mathe-Olympiade mitmachen würde ... Derek ist sich sicher, dass Laddi bestimmt schon bei Abdis Eltern angerufen hat und ihnen dazu gratuliert hat, was für ein Musterschüler Abdi geworden ist.

Sonderapplaus für Derek.

Wir lassen die bisherigen Aktionen noch einmal Revue passieren und sind uns sicher, dass Abdi schon in totaler Krisenstimmung ist. Schließlich bildet er sich einiges auf sein Image als KING OF CHAOS ein. Es juckt ihn be-

stimmt schon in den Fingern, die Dinge wieder geradezurücken und einen richtig genialen Streich auf die Beine zu stellen!

Wenn es so weitergeht, dann ist unser **BFE** garantiert bald wieder im Rennen!

Wir wollen gerade besprechen, wie es ab jetzt weitergeht, als Derek mit leiser, nachdenklicher Stimme sagt: »Ist es nicht vielleicht auch etwas gemein, was wir machen? Habt ihr darüber schon mal nachgedacht?!«

Überrascht sehen wir ihn an. Rahul fragt als Erster: »Wieso sollte es gemein sein? Wir wollen Abdi doch helfen!«

Derek zuckt mit den Schultern. »Aber vielleicht hat er gar keine Lust mehr, Streiche zu spielen? Vielleicht findet er es total klasse, dass er jetzt ein Einserschüler ist. Ich finde, wir haben kein Recht dazu, ihn davon abzuhalten. Am Ende freut er sich sogar darüber, dass die Fünftklässler ihn um Nachhilfe bitten oder dass die Zahnspangen-Girls ihn in ihren Streber-Club aufnehmen wollen.«

Wir gucken Derek verwundert an, müssen dann aber laut lachen. Abdi Halman? Soll sich wohlfühlen, weil er sich in einen Musterschüler verwandelt hat? Neverever niemals jemals – so würde es Abdi ausdrücken, aber jede Wette.

Kira meldet sich zu Wort und sagt ebenfalls mit nach-

denklicher Stimme: »Ich glaube nicht, dass Abdi sich in seiner Haut als Streberschüler wohlfühlt. Nicht Abdi! Aber gemein ist das Ganze trotzdem von uns!«

»Wieso?«, fragen wir anderen wie aus einem Mund.

»Na ja, mit den bisherigen Aktionen wollten wir Abdi doch klarmachen, wie sehr sich sein Image an der Schule verändert hat, oder?«

»Korrekt«, sage ich.

»Und wir wollen erreichen, dass er wieder die Lust am Streichespielen entdeckt und unser Battle endlich weitergeht?«

»Wieder korrekt«, sage ich.

»Aber das geht doch gar nicht. Selbst wenn Abdi jetzt vor Streiche-Lust vibriert – er darf doch gar nichts unternehmen! Schließlich hat Kakadu ihm angedroht, ihn von der Schule zu werfen. Wir wecken also seinen Jagdinstinkt, aber er darf nicht aktiv werden. Das ist schon gemein.«

Sofort beginnt eine wilde Diskussion. Alle reden durcheinander. Einige von uns haben Mitleid mit Abdi, andere finden, dass er selbst schuld ist und unsere Aktion verdient hat.

Ich höre mir das Ganze eine Weile an. Dann unterbreche ich die anderen und sage: »Glaubt ihr wirklich, dass ich daran nicht gedacht habe? Die Sache mit den Fünftklässlern und den IQ-Mädels und dem Brief an Laddi, das war doch nur die Vorbereitung. Der eigentliche Wir-befreien-Abdi-Streich kommt ja erst noch. Und glaubt mir, danach wird Kakadu ihn nicht mehr daran hindern, wieder etwas auf die Beine zu stellen.«

Neugierig mustern mich die anderen. Ich aber will noch keine Einzelheiten verraten. Darum mache ich eine beschwichtigende Handbewegung und sage: »Glaubt mir, ich war in den letzten Tagen auch nicht untätig. Ich habe alles in die Wege geleitet. Die nächste und entscheidende Stufe der Rettet-Abdi-Aktion, die zündet morgen. Lasst euch überraschen!«

ABDI:
Ein Beweis, der beweist, dass Beweise nichts beweisen

Am nächsten Tag sitze ich in der Klasse und gebe mir echt Jedi-Ritter-mäßig Mühe, NICHT aufzupassen. Klappt aber nicht, echt jetzt.

Es geht schon morgens im Deutschunterricht los. Die Bri-Lu will wissen, warum man die Zeit, als der Goethe-Checker jung war, *Sturm und Drang* nennt.

Die Finger der IQ-Zahnspangen-Mädchen schießen wie immer raketenmäßig nach oben und dazu rufen sie mit ihren Zwitscher-Nerv-Stimmen: »Ich weiß es! Ich weiß es!«

Daraufhin schnippen natürlich auch Gleb, Jawid und Eymen mit den Fingern und rufen: »Keine Ahnung! Keine Ahnung!«

Die Bri-Lu nimmt Miriam dran. Die rattert in Überschallgeschwindigkeit los und erzählt was vom jungen Goethe und dass die Gedichte damals wieder mehr Gefühl haben sollten und dass Goethe genial war und alle bisherigen Regeln sprengen wollte. Er stürmte und drängte sozusagen durch sein Leben, wollte alles neu und anders machen!

Die Bri-Lu lobt Miriam, als wäre sie die nächste Nobelpreisträgerin und notiert dann eine **1+** in ihr Büchlein. Dann blickt sie sich um und fragt, ob es noch andere Meinungen zu dem Thema gibt. Ich denke, ist nix kein Problem. Ich bekomme nämlich den Nobelpreis in Andere-Meinung-haben. Ich also schnippschnapp Finger hoch. Die Bri-Lu nimmt mich dran und ich sage: »Ist logisch klar, oder was? War damals krass schlechtes Wetter. Sturm halt. Aber Goethe musste heftig auf Klo, hat Drang. Weiß nicht genau, ob Pinkel-Drang oder ... äh, Sie wissen schon. Draußen ist also heftig Regen und der Goethe-Checker muss noch heftiger aufs Klo. Kaum auszuhalten. Darum nennt man Sturm und Drang. Ist logisch-klar, oder was?«

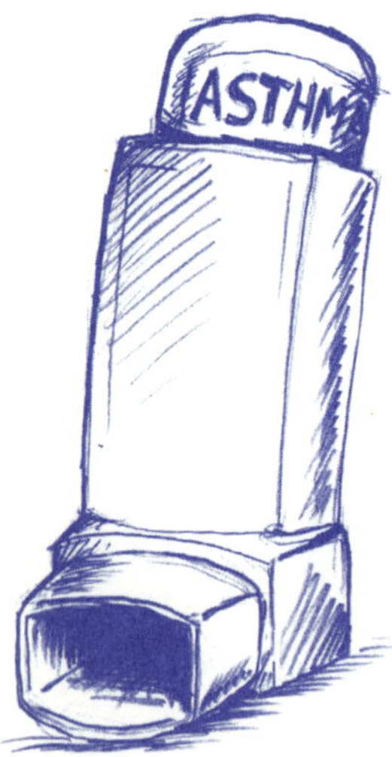

Die Bri-Lu sieht mich voll blass an, als hätte sie den Originalgeist von Original-Goethe gesehen. Dann zückt sie ihr Notfall-Asthma-Spray und verpasst sich eine Dosis. Aber eine gute Note bekomme ich trotzdem. Weil ich mir so viel Mühe gebe. Mist!

Danach haben wir Physik und ich erkläre Herrn Brunkhorst, dass die Formel für Geschwindigkeit so aussieht:

$$\frac{\textbf{Automarke x Benzinpreis}}{\textbf{Zahl der Strafzettel}}$$

In Englisch erkläre ich Herrn Pörzgen, außer Englischlehrer ist er auch ein cooler Rapper-Checker, dass *Past Perfekt* nix null mit Grammatik zu tun hat, sondern mit Klamotten kaufen. Immer wenn meine Schwestern, also Dafne, Yasemine und Fatma, Jeans kaufen, stehen sie im Laden und sagen: »Passt perfekt.«

Dann aber geschieht etwas Überraschendes. Wir haben gerade Bio bei der Trautmann-Engelbrecht und sollen eine Zelle malen.

Die anderen so:

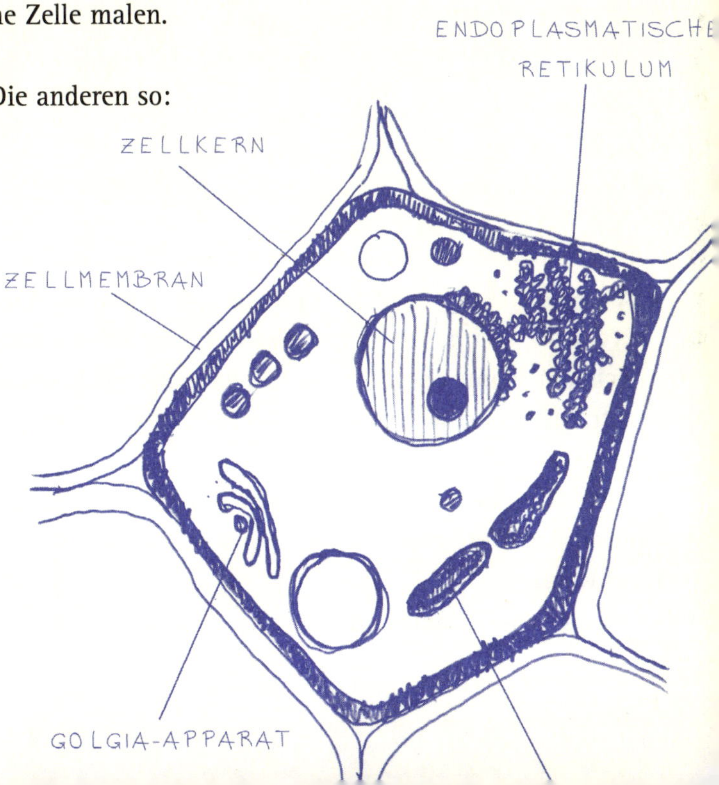

Und ich so:

Plötzlich geht die Tür auf und Frau Brechkotz, die Schulsekretärin, kommt in die Klasse. Sie heißt eigentlich Lechtrotz und hasst ihren Spitznamen. Suchend sieht sie sich um, dann entdeckt ihr Habichtauge mich und sie ruft: »Halman! Mitkommen. Der Direktor will dich sehen!«

Ich sehe sie überrascht an und frage: »Ich? Zu Kakadu? Aber wieso denn? Habisch nix null angestellt, ischschwör!«

»Das kann ich mir zwar nicht vorstellen. Aber das wird

Herr Karwendel-Dussmann schon selbst wissen. Also setz dich in Bewegung. Und zwar ZACK! ZACK!«

»Nicht gleich sauer werden, Frau Brechkotz. Kommisch ja.«

Kurz darauf schlurfe ich den Schulflur hinunter und zwar so laaaangsaaaaam, wie es geht. Ich weiß immer noch nicht, was das Ganze soll. Denn mal ehrlich, ich habe doch in den letzten Wochen wirklich null zero nix angestellt. Oder ist es jetzt schon strafbar, wenn man im Unterricht mitmacht und gute Noten schreibt?

Ich klopfe tocktock-mäßig an Kakadus Tür und er ruft: »Herein!« Als ich das Zimmer betrete, sage ich als Erstes: »Ich habe nix zero nothing null angestellt, Kakadu, ich schwör.«

Kakadu lächelt seltsam und sagt: »Komm erst mal rein, Abdi, und mach die Tür zu. Wir müssen eine sehr ernste Sache besprechen.«

Alles klar, Checkers, ich weiß Bescheid. Wenn ein Erwachsen-Mensch zu mir sagt, dass er eine sehr ernste Sache besprechen will, dann bedeutet das immer – also wirklich immerimmer –, dass er mich fertigmachen will.

Ich setze mich auf den Stuhl vor Kakadus Schreibtisch. Bevor Kakadu etwas sagen kann, klopft es tocktock-mäßig wieder an der Tür – und diesmal kommt ausgerechnet **Pierre Lassogowski** herein.

Das ist Pierre Lassogowski, seines Zeichens Ober-Streber, Ober-Schleimer und Ober-Musterschüler. Besondere Kennzeichen: Seitenscheitel, Krawatte. Besondere Charaktereigenschaft: unausstehlich. Hobby: andere verpetzen. Freunde: keine. Feinde: alle.

Verdammt, denke ich, ich habe meinen Schleimer-Schutzanzug nicht dabei! Und mein Anti-Streber-Spray fehlt auch! Bin dem Ätzer also voll krass ausgeliefert! Was will der überhaupt hier? Will er mich etwa wieder wegen irgendetwas verpfeifen? Schließlich war es genau dieser Antimaterie-Schwachkopf, der mich damals nach der Graffiti-Aktion bei Kakadu angeschwärzt hat! Er ist schuld, dass der Direx mich verwarnt hat und ich seitdem auf Streiche-Diät bin!

Pierre setzt sich auf den Stuhl neben mich und schenkt mir seinen Spezial-Killerblick. Kein Problem, dafür schenke ich ihm meinen Ich-frittier-dich-und-verkaufe-dich-als-Fischstäbchen-Blick.

Wir starren uns eine ganze Weile an und es fehlt nicht viel, dass wir uns aufeinanderstürzen. Dann gibt Kakadu ein Räusper-Räusper-Hüsteln von sich und sagt: »Pierre! Abdi! Es ist noch nicht so lange her, dass ihr beiden hier schon einmal gesessen habt. Damals ging es um das große Graffiti, das du, Abdi, an die Schulfassade gesprayt hast. Und du, Pierre, hast damals die Belastungsbeweise gegen Abdi geliefert, wofür ich dir damals sehr dankbar war. Könnt ihr euch vielleicht denken, warum ich euch heute wieder zu mir gerufen habe?«

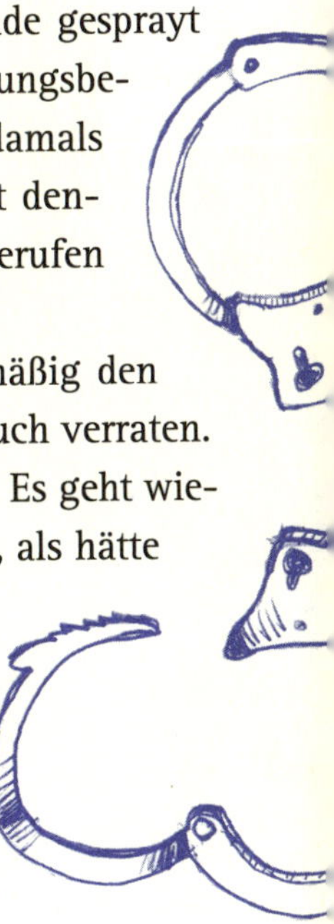

Pierre und ich schütteln keine-Ahnung-mäßig den Kopf. Kakadu fährt fort: »Dann will ich es euch verraten. Aus genau dem gleichen Grund wie damals. Es geht wieder um das Graffiti. Es sieht nämlich so aus, als hätte ich mich damals geirrt.«

Ich sehe Pierre an. Pierre sieht mich an. Wir haben beide nullcheck keine Ahnung, was Kakadu meint.

Kakadu erklärt: »Ich habe heute Morgen überraschend neue Beweise in der Graffiti-Sache erhalten. So wie es aussieht, habe ich dich zu Unrecht bestraft, Abdi. Wie es aussieht, bist du unschuldig.«

»Ich? Bin? Unschuldig?«, frage ich stotternd.

»Er? Ist? Unschuldig?«, fragt auch Pierre stotternd.

»Die neuen Beweise sind eindeutig«, erklärt Kakadu.

»Ist versteckte Kamera, oder was?«, frage ich.

»Nein, es ist mein voller Ernst. Aber die neuen Beweise zeigen auch, wer der wahre Täter ist und das Graffiti gemacht hat. Und darüber bin ich wirklich sehr, sehr erschrocken.«

Kakadu blickt Pierre Handgranaten-mäßig an. Der wird blass wie eine Nebelschwade und sagt mit Zitterstimme: »Ich habe nicht den leisesten Schimmer, was Sie meinen, Herr Direktor.«

»Dann will ich euch mal etwas zeigen. Hier, bitte schön.«

Kakadu dreht den Bildschirm seines Computers um, sodass Pierre und ich ihn sehen können. Dann startet er ein Video. Es ist eine Nachtaufnahme. Sie zeigt die Schule. Links im Bild sind ein Datum und die Uhrzeit zu sehen. Beides beweist, dass die Aufnahme aus genau der Nacht stammt, in der ich das Abdi-King-Forever-Graffiti gesprayt habe. Tatsächlich sieht man einen Jungen, der mit Spraydosen hantiert und die Schulfassade verziert. Aber das bin nicht ich. Es ist ... Pierre Lassogowski!

Ich glaub, mich trifft ein Meteor auf den Kopf! Was geht hier denn ab?

Pierre ist auch völlig von den Socken. Er wird noch

blasser als ohnehin schon – sagen wir wie ein Schneemann mit Zuckerguss-Überzug. »Das ... das ... das ... ist unmöglich«, sagt er stotternd.

»Der Film beweist das Gegenteil«, sagt Kakadu.

»Das ... das ... das ist eine Fälschung! Ich habe niemals die Schule vollgesprayt, das schwöre ich bei meiner Ehre als Einstein-Schüler mit dem besten Notendurchschnitt aller Zeiten. Ich habe überhaupt noch nie in meinem Leben eine Spraydose angefasst. Ich hasse Sprayer und Graffiti und alles, was damit zusammenhängt.«

»Verstehe«, sagt Kakadu. »Dann hast du bestimmt auch nichts dagegen, wenn ich mal einen Blick in deinen Rucksack werfe?«

»Nein, natürlich nicht«, sagt Pierre.

Er hält Kakadu seinen Rucksack hin. Der öffnet den Reisverschluss und holt gleich mehrere Spraydosen hervor.

»Das ... das ... das ... ist unmöglich«, stottert Pierre.

»Anscheinend nicht.«

»Aber es sind nicht meine Spraydosen! Die habe ich noch nie gesehen. Die hat mir jemand in die Tasche geschmuggelt. Ich schwöre bei meiner Ehre als ...«

»Halt die Klappe, Pierre«, knurrt Kakadu. »Und zeig mir mal deine Hände!«

»Natürlich, kein Problem«, sagt Pierre. Er will seine Hände hochhalten, zuckt zurück, als sähe er sei-

ne Hände gerade zum ersten Mal. Schnell versteckt er sie in den Hosentaschen und wird dabei puterrot im Gesicht.

»Pierre! Zeig deine Hände! Sofort!«, sagt Kakadu.

»Geht nicht.«

»Warum nicht?«

»Weil meine Hände gefälscht wurden.«

»Mach dich nicht lächerlich! Hände kann man nicht fälschen.«

»Meine schon.«

»Ist mir egal. Vorzeigen!«

Schließlich zieht Pierre die Hände aus den Hosentaschen und hält sie hoch. Sie sind vollgeschmiert mit Farbe aus den Spraydosen. Pierre Lassogowski, der Oberstreber, ist in Wirklichkeit ein Sprayer?! Ich kann's nicht glauben!

Das Ganze wird jetzt auch mir geistermäßig unheimlich. Schließlich weiß ich ja, dass ich das Graffito an die Schulfassade gemalt habe. Das Video kann also nur eine Fälschung sein. Aber sie ist genial gut gemacht. Außerdem sind da die Dosen in Pierres Rucksack und die Farbe an seinen Händen! Also muss er wirklich ein Graffiti-Sprayer sein! Logisch ist logisch!

Pierre selbst scheint genau dasselbe zu denken wie ich. Logisch ist logisch. Die Beweise gegen ihn sind so eindeutig, dass er sich vermutlich selbst für den Täter hält. Auch wenn er weiß, dass er es nicht gewesen ist!

Kakadu lässt ein paar stille Sekunden verstreichen. Dann legt er die Fingerspitzen zusammen und sagt: »Ich bin schon viel zu lange Schuldirektor, um leichtgläubig zu sein. Im Gegenteil, ich bin sehr misstrauisch. Schließlich gibt es kaum einen Streich, einen Betrug oder eine Störaktion, die ich nicht schon erlebt hätte. Aber das hier, das toppt wirklich alles! Eigentlich müsste ich dich, Pierre, jetzt an Abdis Stelle bestrafen und eine Verwarnung gegen dich aussprechen. Aber weißt du, was? Das tue ich nicht. Obwohl alle Beweise gegen dich sprechen, glaube ich trotzdem nicht, dass du das Graffito gemacht hast. Dass aber Abdi der Täter ist, kann ich jetzt leider auch nicht mehr beweisen. Und darum, Abdi, hebe ich hiermit offiziell die Verwarnung gegen dich auf!«

Ich will gerade losjubeln wie ein ganzes Fußballstadion bei einem Tor der Heimmannschaft, als Kakadu mich mit einem strengen Blick zur Ordnung ruft. »Ich will nichts hören, Abdi. Erst recht keine Jubelschreie. Schließlich ist es nicht so, dass ich dich für unschuldig halte. Ich habe eben nur keinen Beweis mehr gegen dich.«

»Aber die Verwarnung ist trotzdem weg? Echt jetzt? Dann kann ich logisch wieder Chaos und Streiche und alles machen, und Sie werfen mich nicht von der Schule? Danke, Kakadu, kann ich Sie umarmen, oder was?!«

Kakadu schüttelt lachend den Kopf. »Nee, lass mal. Und das mit dem Chaos und den Streichen schlag dir besser sofort wieder aus dem Kopf. Ich behalte dich weiterhin im Auge, Abdi! Also benimm dich. Im Übrigen höre ich von deinen Lehrern, dass du dir in letzter Zeit überraschend viel Mühe im Unterricht gibst. Mach am besten einfach weiter so.«

»Ja, nee, ist klar, Kakadu. Binisch weiter Gute-Note-Schüler, ischschwör. Aber heißt doch trotzdem, dass Sie mich nicht sofort von Schule werfen, wenn ich Streich mache, oder?«

»Ich würde mich nicht darauf verlassen. Verstehen wir uns?«

»Klar und deutlich, alles roger, Kakadu.«

»Und für dich, Pierre, gilt dasselbe. Ich habe ab sofort ein Auge auf dich! Solltest du am Ende wirklich auch so ein Chaot wie Abdi sein, dann kannst du was erleben!«

»Aber ... aber ... aber...«

»Raus, ihr beiden!«

Kurz darauf stehe ich vor Kakadus Zimmer und muss erst einmal Luft holen. Was, bitte schön, hat das alles zu bedeuten? Woher kommt dieses seltsame Video, auf dem der Pierre-Streber zu sehen ist? Wer hat sich so viel Mühe gemacht, nur damit die Verwarnung gegen mich aufgehoben wird?

Eins steht jedenfalls fest. Ich muss unbedingt rausfinden, wer der coole Checker ist. Und dann muss ich mich tausendmal bei ihm bedanken.

JUSTUS:

Ein Streich mit unerwarteten Folgen

Manche Streiche kommen nicht ohne Opfer aus. Eigentlich passt mir das gar nicht. Schließlich ist es am besten, wenn alle über eine gelungene Aktion lachen können und niemand dafür bezahlen muss.

Aber ab und zu geht es halt nicht anders. Dann muss man jemanden aufs Korn nehmen und ihn zur Zielscheibe machen.

Umso wichtiger ist es dann, dass es nicht den Falschen trifft. Die Auswahl des Zielobjekts ist also wichtig.

Hier ein paar Tipps:

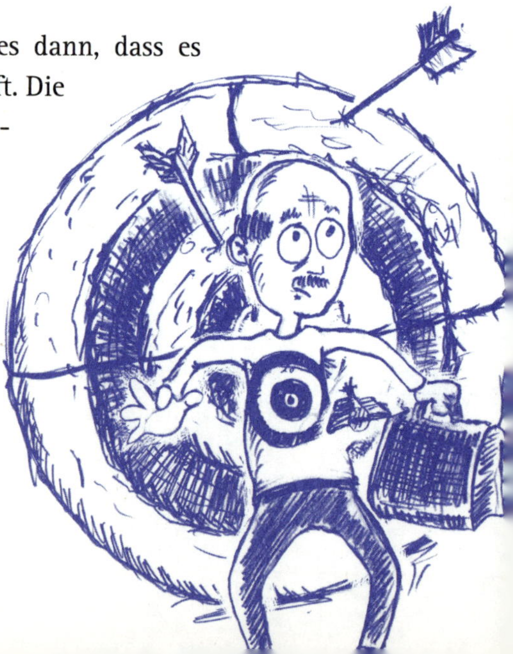

1. Wer IMMER als Zielscheibe eines Streichs infrage kommt, sind LEHRER.

Sie kriegen ihr Gehalt nämlich nicht nur dafür, Unterricht zu geben, sondern auch dafür, Opfer von Streichen zu werden. Ich glaube, viele Lehrer kämen sich komisch vor, wenn sie nicht immer mal wieder reingelegt würden. Wenn ihr also das Gefühl habt, dass ein Lehrer sich nicht genug beachtet fühlt, dann spielt ihm einen Streich.

2. Eine weitere wichtige Streiche-Opfer-Kategorie sind BÖSE MENSCHEN. Die darf man jederzeit in die Pfanne hauen. Ein gutes Beispiel sind Erwachsene, die Tiere quälen. Vor allem Hunde! Hundequäler lege ich besonders gerne mit einem Streich rein.

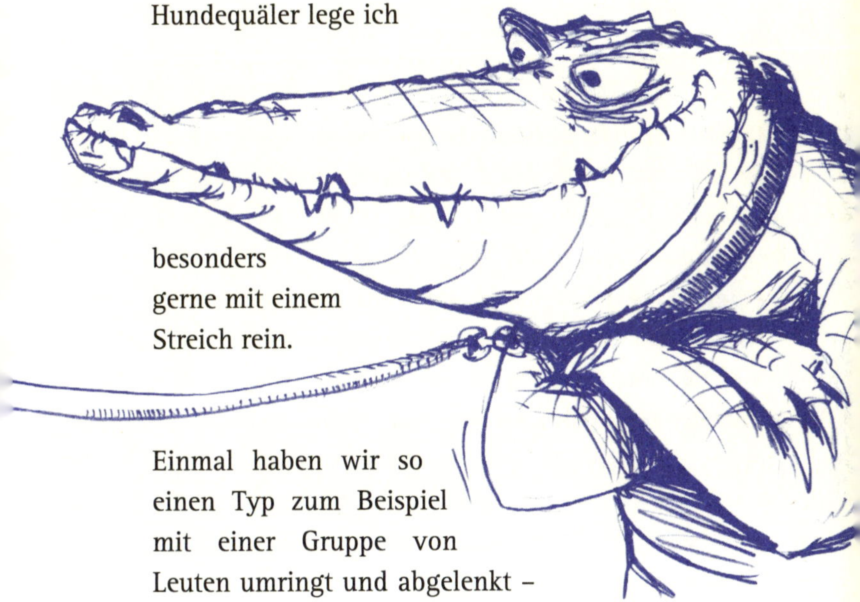

Einmal haben wir so einen Typ zum Beispiel mit einer Gruppe von Leuten umringt und abgelenkt – als er wieder ans andere Ende der Leine sehen konnte, war statt seines armen Dackels ein ausgewachsenes Krokodil dran! (Zugegeben, das Kroko war eine Attrappe, an der wir verdammt lange gearbeitet haben. Aber sie sah täuschend echt aus und der Typ hat den Schreck seines Lebens bekommen.)

3. Die dritte Sorte von Leuten, die man reinlegen darf, sind die Petzer, Angeber, Disser, Mobber und andere Ekelpakete. Zum Beispiel **Pierre Lassogowski.**
Pierre war für den Abdi-Befreiungsstreich das perfekte Opfer, weil er ja selber Abdi verpfiffen hatte. Jetzt muss er die Sache alleine ausbaden. Wir brauchen also wirklich kein schlechtes Gewissen zu haben.

Kleiner Rückblick auf den Abdi-Befreiungsstreich

Die Sache mit dem gefakten Video, den Spraydosen und den Farbkleksen an Pierres Händen war kompliziert, aber total lustig. Der wichtigste Helfer war Kiras Cousin Chuong. Er arbeitet bei einer Filmfirma und ist auf Tricktechnik spezialisiert. Ich habe ihm ein Foto von Pierre gegeben, und Chuong hat Pierres Gesicht in das Video eingebaut. Ich habe gestaunt, wie einfach das geht, wenn man die richtigen Programme hat. Seitdem bin ich echt misstrauisch, wenn ich einen Clip im Fernsehen oder im Internet sehe. Jedes Mal frage ich mich, ob es wirklich echt ist, was ich da sehe. Oder nicht vielleicht auch ein Fake!

Heute Morgen habe ich dann

ein paar Spraydosen in Pierres Rucksack geschmuggelt. Ein Kinderspiel. Schwieriger war es schon, ihm Farbe an die Hände zu schmieren, ohne dass er es sofort merkt. Bevor er zu Kakadu ins Zimmer musste, habe ich ihm aufgelauert und ihm die Hand geschüttelt. Angeblich, um ihm viel Glück zu wünschen. Er weiß ja, dass Abdi und ich Feinde sind, darum hat er es mir abgekauft. Vorher hatte ich natürlich meine Hände mit Farbe eingerieben. Er hat es erst gemerkt, als es schon zu spät war.

Die Nachricht, dass Kakadu die Verwarnung gegen Abdi aufgehoben hat, verbreitet sich wie ein Lauffeuer an der Schule. Genauso wie die Tatsache, dass in Wahrheit Pierre Lassogowski der Täter ist – angeblich jedenfalls.

Alle freuen sich für Abdi, klopfen ihm auf die Schulter und gratulieren ihm. Er selbst wirkt hammermäßg erleichtert.

Zu meiner riesengroßen Überraschung ist aber sogar Pierre Lassogowski zufrieden mit dem, was passiert ist! Zum ersten Mal in seinem Leben glauben die anderen, dass er etwas COOLES gemacht hat. Zum ersten Mal in seinem Leben wird der langweilige, strebsame, spießige Pierre für einen Streichespieler gehalten! Darum behauptet er plötzlich sogar selbst, dass er das Graffito gesprayt hat. Natürlich wollen die anderen wissen, warum er nicht seinen eigenen Namen gesprayt hat, sondern den von Abdi. Na, ist doch logisch, sagt Pierre. Weil für ihn Abdi

Halman der wahre KING der Einstein-Schule ist und er ihn total bewundert!

Und, nein, das wäre keineswegs seine erste oder einzige Graffiti-Aktion gewesen. Er würde seit Jahren heimlich nachts herumschleichen und Wände vollsprühen. Dass alle ihn für so einen Streber halten, das wäre nur Tarnung.

Pierre erzählt diese Geschichte mit so viel Überzeugung, dass sogar ich und die Jungs fast anfangen, daran zu glauben! Obwohl wir genau wissen, dass es nicht so ist.

Ja, Streiche können wirklich sehr überraschende, total unabsehbare Folgen haben!

Am gleichen Nachmittag wollen die Jungs und ich gerade nach Hause gehen, als wir auf einmal eine Eisklumpen-kalte Cowboy-raue, Rocker-gefährliche Stimme hinter uns hören.

Es ist eine Stimme, die wir sehr gut kennen. Sie sagt: »Hey, Justus Bieber! Hey, Mutanten! Wir müssen mit euch reden.«

Wir tauschen einen unsicheren Blick aus, drehen uns gaaanz laaaaangsam um – und zucken vor Schreck zusammen. Direkt vor uns steht eine Mauer. Die Mauer besteht aus gegelten Haaren, Muskeln und dem haifisch-bösen Grinsen von vier Jungs: Abdi, Gleb, Jawid und Eymen.

Wir dagegen sehen nicht unbedingt aus wie eine Mauer. Eher schon wie ein wackeliger Gartenzaun. Derek ist zu dick, Kira ist zu klein, Adam^2 ist zu groß, Rahul ist zu schlau – und ich, ich bin zu überrascht, um auch nur annähernd gefährlich auszusehen.

Verdammt, denke ich. Die ganze Zeit wollte ich, dass unser Battle weitergeht. Aber jetzt, wo ich unsere Gegner vor uns sehe, wird mir ganz anders zumute.

Mir fällt plötzlich wieder ein, dass Abdi solche Sachen verdammt ernst nimmt. Und dass ein Battle für ihn kein Spiel ist. Sondern Krieg!

Derek ist der Erste, der seine Sprache wiederfindet. Er kramt in seinen Taschen nach was Essbarem, findet einen platt gedrückten Schokoriegel, schiebt ihn sich in den Mund und sagt dann in Abdis Richtung: »Hey, Abdi. Du willst mit uns reden? Lass mich raten, du willst dich bestimmt bei Justus bedanken, stimmt's? Immerhin hat er dich bei Kakadu rausgehauen! Cool, oder? Er hat dem Direx das Video zugespielt, um dich zu retten!«

Abdi bleckt die Zähne und sagt mit einer pittbull-mäßigen Knurr-Stimme: »Träum weiter, Vielfraß. Wofür soll ich mich bedanken? Im Gegenteil, ich bin stinksauer auf euch! Und auf den Bieber besonders!«

»Du bist sauer? Aber warum? Wir haben dir doch geholfen«, sagt Rahul und seine Stimme verrät seine ehrliche Überraschung.

»Geholfen?! Ist wohl ein Witz, oder was! Ihr habt mir meine Graffiti-Aktion gestohlen! Und jetzt gibt der Streber-Schleimer Pierre damit an! Ist voll Beleidigung!«

»Aber dafür hat Kakadu dich nicht mehr auf dem Kie-

ker. Das hast du dir doch gewünscht? Immerhin warst du selbst gerade dabei, dich in einen Streber-Schleimer zu verwandeln«, sagt Kira.

Die Muskel-Haargel-Mauer rückt einen Schritt näher an uns heran. Verdammt, die meinen es ernst, denke ich. Dann aber schaltet Abdi um und nickt geradezu freundlich. »Okay, geb ich zu. War voll korrekt von euch. Sag ich: Danke!«

Abdi hält mir die Hand hin und ich schlage ein. Wer hätte gedacht, dass es dazu noch einmal kommt.

Dann aber ist der kurze versöhnliche Augenblick auch schon wieder vorbei und Abdi kläfft: »Hört zu, Hohlbirnen. Eigentlich sind wir gekommen, weil wir euch einen Vorschlag machen wollen. Einen Vorschlag, wie wir den Battle endgültig zu Ende bringen können.«

»Lasst hören. Wir sind zu allem bereit.«

»Wart's ab, bis du weißt, was Sache ist, Bieber. Unser Vorschlag lautet so: Den Battle weiter an der Schule zu führen, ist zu gefährlich. Wegen Kakadu.

Wollen wir ja nicht sofort wieder Verwarnung bekommen. Darum machen wir ab sofort keinen Battle mehr, sondern eine NINJA-WARRIOR-CHALLENGE! Und zwar nicht an der Schule, sondern woanders. Trotzdem gebührt dem Gewinner der Titel des KING OF SCHOOL. Was sagt ihr?«

Ich sehe Derek, Kira, Rahul und Adam[2] an, aber die zucken alle nur ahnungslos mit den Schultern. Genau wie ich. »Eine Ninja-Warrior-Challenge? Was soll das denn sein?«, frage ich Abdi.

Die vier Ghetto-Gangster rücken noch ein Stückchen weiter an uns heran. Dann sagt Abdi leise: »Kannisch euch erklären. Die Ninja-Warrior-Challenge ist ein krass gefährlicher und hammerharter Wettkampf! Eine Mischung aus Gladiatorenkampf, Hindernisrennen und Free-Climb-Challenge. Es wird verschiedene Aufgaben geben und immer muss einer aus eurem Team gegen einen aus unserem Team antreten. Am Ende gewinnt das Team, das die meisten Punkte geholt hat. Kapiert?«

Ich und die Jungs sehen uns erneut mit großen Augen an. Mit so etwas haben wir nicht gerechnet. Wir flüstern kurz miteinander, sind dann aber alle einer Meinung: So eine Challenge kommt nicht infrage. Abdi und die Gangster sind uns haushoch überlegen! Immerhin ist Gleb in der Ringermannschaft der Schule, Jawid ist Boxer und Abdi ist auch gut im Training. Nur Eymen ist die Schwachstelle in ihrem Team.

Das Problem: Unser Team besteht zu hundert Prozent nur aus Schwachstellen! Bei so einer Warrior-Challenge hätten wir keine Chance.

Ich will Abdi gerade erklären, dass wir seinen Vorschlag ablehnen, als Kira mich am Ärmel zupft und leise sagt: »Nicht so voreilig, Justus. Warum erbitten wir uns nicht erst einmal Bedenkzeit? Dann können wir uns alles in Ruhe durch den Kopf gehen lassen.«

»Aber wir brauchen keine Bedenkzeit. Bei so einer Challenge würden wir untergehen wie die Titanic bei ihrer Eisberg-Challenge!«

Kira aber lächelt geheimnisvoll. Ganz klar, er hat eine Idee! Also gut, dann lassen wir uns halt doch noch etwas Zeit.

Ich wende mich an Abdi und sage: »Dein Vorschlag klingt nicht schlecht. Aber wir müssen erst darüber nachdenken. Wir brauchen bis morgen Bedenkzeit. Einverstanden?«

»Kein Problem, Bieber. Ihr habt Zeit bis morgen. Dann erwarten wir eure Antwort!«

ABDI:
Die Ninja-Warrior-Gang

Am frühen Abend ist Checker-Treffen auf dem Spielplatz in unserer Straße.

Erst einmal müssen wir ein paar jüngere Kinder verscheuchen, woraufhin aber ein Rudel Spielplatzmütter auf uns losgeht und uns mit Windeln bewirft – mit gebrauchten Windeln. Daraufhin entschuldigen wir uns und sagen, dass alles nur ein Missverständnis ist und die Kleinen natürlich weiterspielen dürfen.

Nach einer Weile gehen die Spielplatzmütter mit ihren Kindern sowieso nach Hause. Jetzt haben wir den Spielplatz ganz für uns. Eigentlich ist es auch gar kein Spielplatz mehr, sondern unser: NINJA-WARRIOR-TRAININGSGELÄNDE.

Erst einmal sehen wir uns auf Glebs Smartphone ein paar Ninja-Warrior-Videos an. Das haben wir schon vor ein paar Tagen gemacht und sind deshalb auf die Idee gekommen, Bieber und den Mutanten die neue Challenge vorzuschlagen. Wäre doch gelacht, wenn wir das nicht mindestens genauso gut könnten wie die coolen Checker in den Videoclips!

Der Spielplatz ist der ideale Ort, um es auszuprobieren. Wir machen ein paar Aufwärmübungen. Dann geht es los! Hintereinander springen, fliegen und klettern wir über die Geräte, hangeln uns an dem Kletterseil nach oben und rutschen an den Stangen wieder nach unten. Wir salto-flippen Treppen hinauf, springen über Zäune, klettern an Bäumen und Mauern hoch, machen Kopfsprünge von Garagen und rollen uns butterweich auf dem Boden ab. Okay, gebisch zu, unsere Moves sehen nicht ganz so geschmeidig aus wie bei den Typen in den Clips. Eher so im Gegenteil. Ich stürze zum Beispiel beim Balancie-

ren auf einem Klettergerüst ab und lande pengbumm-mäßig auf meinem Hintern. Aua!

Gleb will Tarzan-mäßig mit dem Seil über die Sandkiste schwingen, lässt aber zu früh los und stürzt ebenfalls ab. Super-Aua!

Und Jawid will einen Trick machen, bei dem man eine Mauer hochläuft und dann einen Rückwärtssalto macht – nur dass es schon mit dem Hochlaufen nicht so richtig klappt und er voll gegen die Mauer rennt. Mega-Aua!

Eine halbe Stunde später hocken wir nebeneinander auf einer Bank und zeigen uns gegenseitig unsere blauen Flecken.

Nur dass wir sie heute *Ninja-Flecken* nennen und mächtig stolz drauf sind.

Gleb fängt plötzlich an zu lachen und meint: »Findet ihr das mit der Challenge wirklich so eine gute Idee? Denn mal ehrlich,

die Super-Ninja sind wir nicht gerade. Am Ende verlieren wir noch gegen die Mutanten.«

Jawid brummt und sagt: »Wenn wir so weitermachen, sind wir bald Krankenhaus-Ninja. Man wird uns an un-

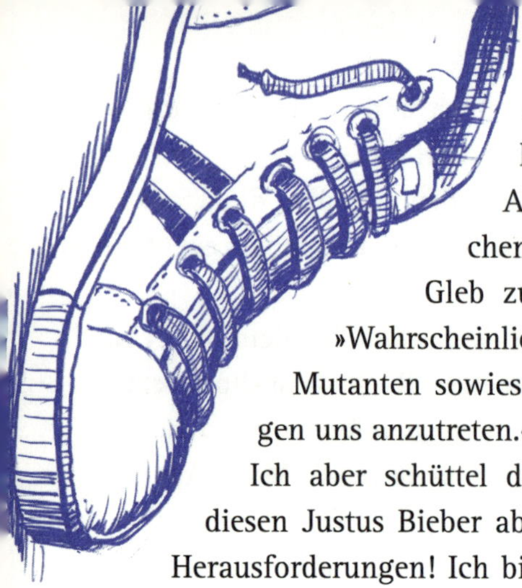

seren Gipsanzügen erkennen, weil wir uns alle Arme und Beine gebrochen haben.«

Gleb zuckt mit den Schultern. »Wahrscheinlich haben Justus und die Mutanten sowieso zu viel Angst, um gegen uns anzutreten.«

Ich aber schüttel den Kopf. »Da kennt ihr diesen Justus Bieber aber schlecht. Er steht auf Herausforderungen! Ich bin mir sicher, dass er die Challenge annehmen wird. Wartet ab!«

Eymen, der bisher nichts gesagt hat, schüttelt den Kopf und meint: »Ich verstehe einfach nicht, was das mit den Streichen und dem Battle und jetzt mit der Challenge überhaupt soll. Justus und die anderen sind doch in Ordnung. Warum müssen wir überhaupt gegen die antreten?«

Ich rolle genervt mit den Augen. »Hast du checkermäßig recht, Eymen. Klar sind Justus und die Mutanten in Ordnung. Aber wir sind Männer, oder? Und Männer brauchen Feinde! Bevor wir uns Feinde suchen, die wir überhaupt nicht leiden können, nehmen wir lieber Feinde, die wir in Ordnung finden. Hassu kapiert?«

Eymen sieht mich Runzel-Stirn-mäßig an und sagt: »Wer von uns ist eigentlich lahm in der Birne, ich oder du?«

»Soll heißen, Eymen?«

»Nur dass es totaler Quatsch ist, was du redest, Abdi. Aber wenn du einen Freund-Feind brauchst, sind Justus und die Mutanten schon okay. Besser als Feind-Feind.«

Ich lege meinen Arm um Eymen und drücke ihn an mich. »Siehsu, Eymen. Hassu doch verstanden.«

Gleb und Jawid sehen uns an und kugeln sich dann vor Lachen auf dem Boden. Und am Ende kugeln ich und Eymen mit ihnen, ist logisch oder was?

JUSTUS:

Wer aufgibt, hat schon verloren!

Am Abend treffen wir uns wieder bei mir zu Hause. Anders als beim letzten Mal versteckt meine Mutter blitzschnell alle Lebensmittel, als Derek an der Tür klingelt. Später aber macht sie uns wieder Limonade und stellt einen Teller mit Plätzchen dazu.

Wir chillen in meinem Zimmer und sehen uns am Computer Videoclips von Ninja-Warrior-Wettkämpfen an. Es ist der absolute Wahnsinn, was die Athleten können und wie sie Superhelden-mäßig die verschiedenen Hindernisse überwinden. Wir sind uns einig, dass wir bei so etwas gleich in der ersten Runde scheitern würden. Alle echten Ninja-Warriors haben durchtrainierte Hammer-Bodys, mit riesigen Bizeps-Armen und stahlharten Sixpacks und Oberschenkeln wie Rennpferde.

Wir dagegen haben: Streichholz-Bizeps-Arme, butterschlabberweiche Nullpack-Bäuche und Oberschenkel wie frisch geschlüpfte Kaulquappen. Wir haben keine Hammer-Bodys, sondern Jammer-Bodys!

Wir müssen darum gar nicht lange herumquatschen,

um festzustellen, dass es überhaupt keinen Sinn hat, bei einer Ninja-Warrior-Challenge anzutreten.

Es sei denn, Kira hat eine geniale Idee, von der wir anderen nichts ahnen.

»Also los, Kira. Wie willst du es anstellen, dass wir nicht wie peinliche Total-Loser rüberkommen?«, frage ich.

Kira macht ein pfiffiges Gesicht und erklärt mit gut gelaunter Stimme: »Ist doch gar nicht so schwer. Abdi hat nur gesagt, dass es ein Ninja-Warrior-Battle wird. Aber er

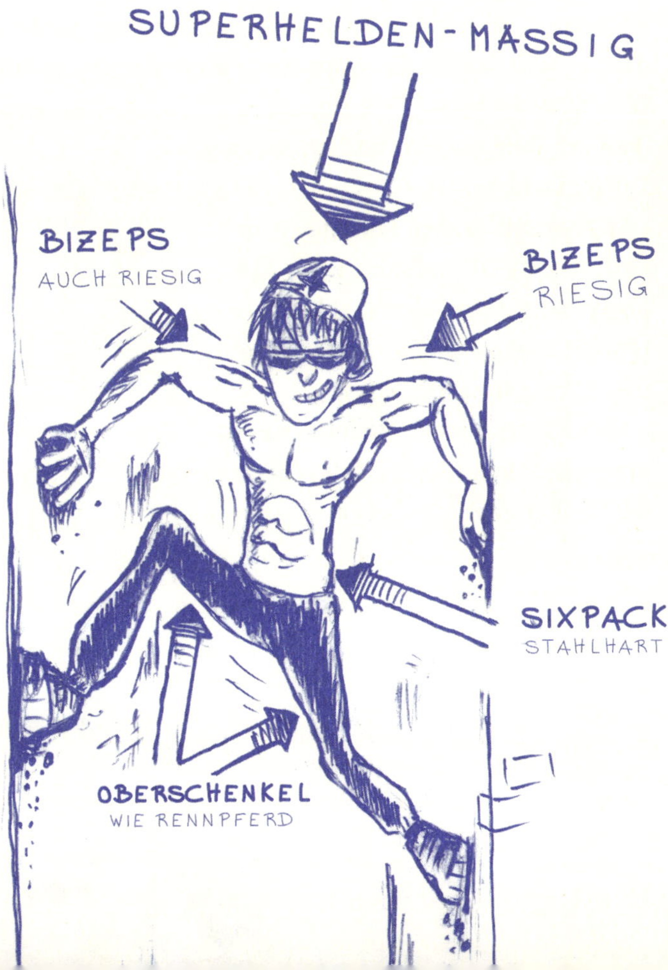

hat nicht gesagt, was wir GENAU machen werden, also welche einzelnen Aufgaben auf dem Programm stehen.«

Wir anderen sehen Kira ratlos an, dann sagt Derek: »Ist doch logisch. Es werden Ninja-Challenges sein. Also klettern, springen, kämpfen. Was Ninjas halt so draufhaben.«

»Aber genau darum geht es doch«, sagt Kira. »Moderne Stadt-Ninjas müssen ganz andere Sachen können.«

»Und was?«

»Das müssen wir uns ausdenken. Aber ein paar Ideen habe ich schon. Und ich verspreche euch, dass Abdi total überrascht sein wird. Wir müssen halt nur vereinbaren, dass er sich nicht alle Aufgaben alleine überlegen darf. Die Hälfte werden wir bestimmen. Ich verspreche euch, dass es dann total offen ist, welches Team gewinnt.«

Wir wissen immer noch nicht genau, worauf Kira hinauswill. Aber als er dann seine Ideen erklärt, lassen wir uns nach und nach von seiner guten Laune anstecken.

Kira hat total recht! Wenn wir es so machen, haben wir eine faire Chance, die Challenge zu gewinnen.

ABDI:

Ein heftiges Riesending!

Die Nachricht von der Ninja-Warrior-Challenge verbreitet sich in Space-Shuttle-Geschwindigkeit an der Schule. Auf dem Schulhof der Einstein-Schule gibt es null zero kein anderes Thema.

Die Hälfte der Leute supported mich und die Gang. Und die andere Hälfte ist für Bieber und die Mutanten.

Zu Biebers und meiner Überraschung finden sogar die Zahnspangen-Mädchen vom CSG die Idee mit der Challenge klasse – vermutlich weil sie hoffen, danach endgültig ihre Ruhe zu haben. Miriam, Jelena und Paksoy wollen sogar die Jury machen und die einzelnen Aufgaben überwachen, damit alles mit rechten Dingen zugeht.

Viele andere Checker von der Schule wollen auch mitmachen. Manche helfen dabei, die einzelnen Aufgaben vorzubereiten. Andere wollen mit Videokamera einen Live-Stream der Challenge im Internet übertragen – guckt dann ganz Deutschland zu, oder was?

Dann gibt es Checker, die Wetten annehmen, und wie-

der andere basteln Teamfähnchen, mit denen die Supporter ihrem Lieblingsteam zujubeln können.
Das Ganze wächst und wächst und wird ein heftiges Riesending!

Einen Tag, bevor es losgeht, kommen die gegnerischen Teams noch einmal zusammen.

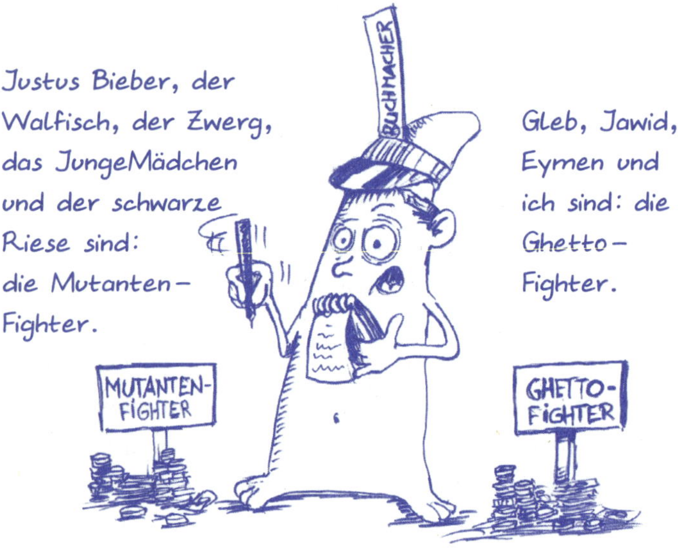

Wir treffen uns im Clubraum des CSG, um die Spielregeln und die einzelnen Aufgaben festzulegen. Es wird insgesamt sechs Challenges geben, zu der aus jedem Team immer ein Fighter antritt. Die Zahnspangen-Girls achten drauf, dass alles fair abgeht und jeder Fighter eine gute Chance hat zu gewinnen. Steht es nach sechs Aufgaben unentschieden, wird es eine siebte Spezial-Challenge geben, die dann über alles entscheidet.
Wir erklären den IQ-Girls, welche Aufgaben wir uns aus-

gedacht haben. Es sind alles klassiche Ninja-Aufgaben: kämpfen, klettern, seine Geschicklichkeit beweisen.

Dann erklären die Mutanten ihre Challenge-Aufgaben – und wir sind baff wie Eichhörnchen im Nussladen! Die Aufgaben, die sich die Hirnlosen ausgedacht haben, haben nix null mit Ninja zu tun. Sie sind einfach nur bescheuert. Logisch-ist-klar sind wir dagegen und sofort gibt es Streit.

Ich sage zu ihnen: »Was ihr machen wollt, ist eher Topmodel-Warrior! Oder Sumo-Warrior! Oder Gehirn-Warrior! Aber nicht Ninja-Warrior. Geht gar nicht!«

Justus Bieber aber bleibt cool und sagt: »Wir sind halt moderne Stadt-Ninja und die haben spezielle Fähigkeiten. Außerdem haben wir genauso ein Recht, Aufgaben festzulegen wie ihr.«

Ich denke, ich bin Handgranate und flieg gleich in die Luft, so sauer bin ich. Aber bevor ich auf Bieber und die Mutanten losgehen kann, hebt Paksoy ihre Hand und ruft mit lauter Kreischstimme: »Ruhe! Reiß dich zusammen, Abdi! Und du auch, Justus! Wir sind die Jury – und wir entscheiden, welche Aufgaben in Ordnung sind und welche nicht. Wir haben nun eure Vorschläge gehört. Wie die

Aufgaben am Ende genau aussehen, entscheiden wir. Wir werden dafür sorgen, dass bei jeder Aufgabe beide Kämpfer eine faire Chance haben. Die Einzelheiten erfahrt ihr am Tag des Wettkampfes. Also gebt euch jetzt die Hand.«

Ich knirsche so wütend mit den Kiefern, dass ich gleich nur noch Pulverzähne im Mund habe. Aber egal, mussisch durch, oder was. Also strecke ich meine Hand aus. Der Bieber schlägt ein.

Jetzt gibt es kein Zurück mehr! Das nächste Wiedersehen wird am Wettkampftag am Wochenende sein!

JUSTUS:

Die Hindernis-Parkour-Challenge!

Die Disziplin: PARKOUR-HINDERNIS-WETTRENNEN
Der Ort: EINE HÄSSLICHE BETON-VORSTADT-SIEDLUNG
Die Fighter: GLEB VS. ADAM²

Endlich ist es so weit. Es ist Samstag und der große Kampf beginnt. Ich bin so aufgeregt, dass ich in der Nacht kein Auge zugemacht habe. Den anderen geht es genauso. Trotzdem sind wir nicht müde, sondern aufgedreht und voller Energie.

Als ich mit den Jungs zum Ort des Wettkampfs komme, sind wir erst einmal total baff. Hier soll die Ninja-Warrior-Challenge starten? Ist nicht Abdis Ernst!

Wir sind in der obermiesesten Ecke der Stadt und uns gefällt es überhaupt nicht. Um uns herum stehen nur hässliche leer stehende Bürohochhäuser. Es gibt alte verlassene Parkplätze und Baugrundstücke, auf denen riesige Baukräne in den Himmel wachsen. Es wirkt einsam, verrottet und gefährlich.

Aber irgendwie gefällt es uns auch wieder, denn wir kommen uns vor wie die Hauptpersonen im neuesten Band der *Tribute von Panem*. Unsere Challenge wird ein Kampf auf Leben und Tod werden.

Der eigentliche Treffpunkt ist auf einem alten Parkdeck. Als wir ankommen, werden wir von einer jubelnden Menschenmenge empfangen. Fast alle Schüler der Einstein-Schule sind da, um bei der Challenge zuzusehen und die Teams anzufeuern. Es ist der Wahnsinn!

Die erste Challenge ist eine klassische Ninja-Aufgabe – ein Parkour-Hindernis-Rennen. Die Rennstrecke ist verdammt gefährlich, denn an mehr als einer Stelle könnten die Fighter abstürzen, sich aufspießen oder sich die Arme und Beine brechen!

Für die Ghetto-Gang wird Gleb antreten. Das besiegelt unser Schicksal. Gleb ist einer der besten Kämpfer im Ringerteam der Schule. Er ist fit wie ein Turnschuh, dazu geschickt und irre schnell.

Aber dafür haben wir unsere Geheimwaffe: Adam^2! Er ist einer der besten Basketballer an der Schule und auch fit wie ein Turnschuh! Die Ghetto-Fighter sollten sich also nicht zu siegesgewiss sein!

Miriam, Jelena und Paksoy erklären uns noch einmal die Regeln. Es geht darum, den Hindernis-Parkour so schnell wie möglich zu überwinden und als Erster durchs Ziel zu kommen. Alles ist erlaubt, nur nicht, seinen Gegner

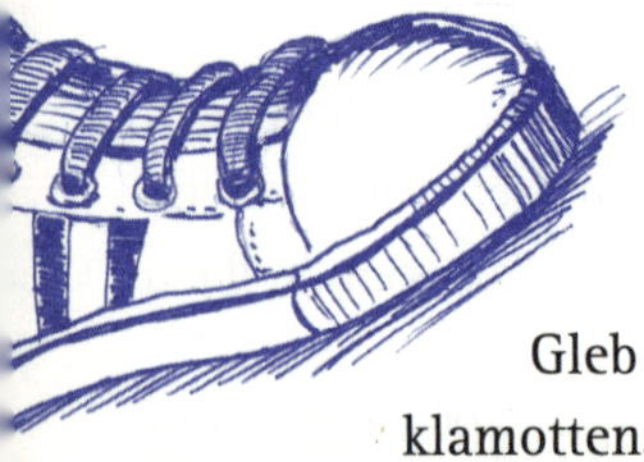

zu behindern. Außerdem geht Sicherheit über alles, eben weil die Rennstrecke so gefährlich ist.

Gleb und Adam, beide nun in Trainingsklamotten, geben sich die Hand. Die Menge jubelt vor Begeisterung. Dann hebt Paksoy die Hand und alle sind schlagartig still.

Die Fighter treten an die Startlinie. Die Atmosphäre ist zum Zerreißen gespannt. Dann fällt der Startschuss. Gleb flitzt davon wie ein Indianerpfeil. Er schwingt sich über das erste Hindernis, eine baufällige Mauer. Dann hüpft er wie ein Känguru eine Treppe hinunter, hangelt sich an einer Straßenlaterne hinauf und klettert auf einen Hügel aus Bauschutt. Von dort springt er in die Tiefe, rollt sich ab, rennt weiter, balanciert über einen Stahlträger und macht einen Hechtsprung über einen Graben hinweg auf ein anderes Parkdeck. Schon nach wenigen Minuten liegt er glasklar in Führung. Aber Adam^2 ist ihm dicht auf den Fersen und wird dabei von Hunderten unserer Supporter angefeuert. Auch er hüpft die Treppe hinunter und hangelt sich die Laterne hinauf. Er klettert auf den Hügel, rennt weiter, balanciert über den Stahlträger ... dann muss auch er über den Graben hechten, der mehrere Meter tief ist.

Adam^2 zögert. Er hat Angst vor der Tiefe und jeder kann ihn verstehen. Wenn er nicht weit genug springt und runterfällt, wird es verdammt schmerzhaft werden.

Gleb ist schon weitergerannt und hat die nächsten Hindernisse überwunden. Unsere Supporter beginnen ei-

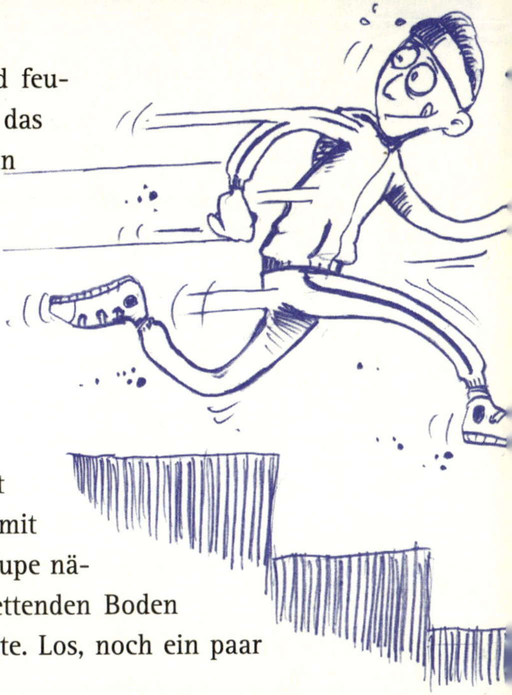

nen Sprechchor und feuern Adam^2 an, was das Zeug hält. Er geht ein paar Schritte zurück, nimmt Anlauf, rennt los – und springt ab.

Alle, wirklich alle halten die Luft an. Adam^2 segelt durch die Luft und rudert dabei mit den Armen. In Zeitlupe nähert er sich dem rettenden Boden auf der anderen Seite. Los, noch ein paar Zentimeter ...

Adam^2 erreicht die andere Seite, hat es geschafft ... nein, doch nicht. Verdammt! Er rutscht von der Kante ab und droht, in die Tiefe zu fallen. Im letzten Moment kann er sich an einem Mauerstück festhalten. Verzweifelt klammert er sich mit den Fingerspitzen fest, während sein Körper am Abgrund baumelt.

Unsere Supporter halten den Atem an. Was gerade noch Spaß war, ist auf einmal total gefährlich. Niemand sagt etwas.

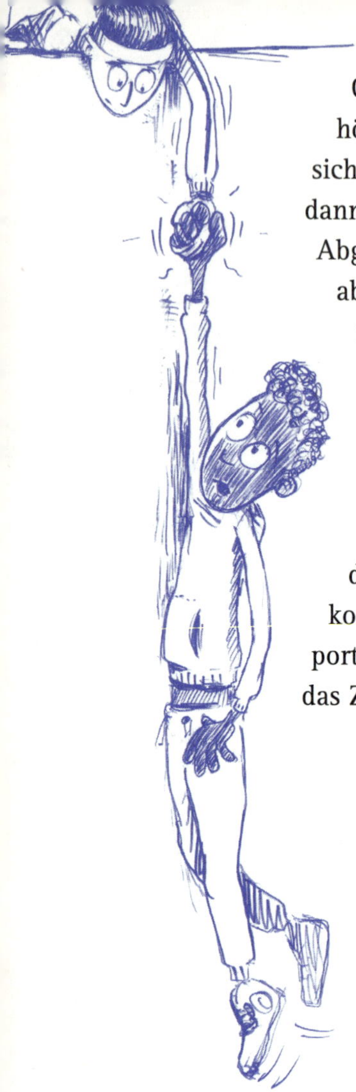

Gleb, der schon viel weiter ist, hört die gespannte Stille. Er dreht sich kurz um, will weiterlaufen, hält dann aber doch an und kehrt zu dem Abgrund zurück. Er beugt sich hinab, nimmt Adams Hand und zieht ihn hinauf in Sicherheit.

Alle atmen erleichtert auf. Gleb und Adam[2] grinsen – aber dann dreht Gleb sich auch schon wieder um und rennt blitzschnell weiter. Er überwindet die letzten Hindernisse und kommt als Erster ins Ziel. Die Supporter der Ghetto-Fighter jubeln, was das Zeug hält.

SCOREBOARD NINJA-WARRIOR-BATTLE
TEAM ABDI: 1
TEAM JUSTUS: 0

ABDI:
Die Dschungelcamp-Challenge

Die Disziplin: ESSEN, WAS DAS ZEUG HÄLT
Der Ort: DIE SHOPPINGMALL
Die Fighter: DEREK VS. EYMEN

Nach dem Parkour-Rennen ist Gleb der absolute Super-Hero! Er hat nicht nur gewonnen, sondern sich auch als superheftiger Gentleman-Sportler erwiesen.

Ein paar unserer Supporter nehmen ihn auf die Schultern und drehen eine Ehren-Jubel-Klatschklatsch-Runde mit ihm. Hat er verdient, oder was!

Nach einer kurzen Pause wandern wir alle zusammen zur Shoppingmall, wo die nächste Challenge stattfindet. Die Sheriffs an der Tür machen Riesenkraken-mäßig große Augen, als ungefähr fünfhundert Schüler auf einmal in die Mall wollen. Aber sie lassen uns rein, weil wir versprechen, uns zu benehmen.

Die nächste Aufgabe hat etwas mit Essen zu tun. Das finden wir total bescheuert, weil: hat halt nix mit Ninja Warrior zu tun. Die Mutanten erklären uns aber, dass Wettessen in Japan total populär sind. Und Ninja kommen nun einmal aus Japan!

Das ist Takeru Kobayashi. Er ist in Japan eine Berühmtheit, weil er ein preisgekrönter Wettkampf-Esser ist. Er hat in einer halben Stunde fast 10 Kilo Nigiri-Reisbällchen in sich hineingestopft. Und in New York hat er schon ein paar Mal die Hot-Dog-Wett-Fress-Meisterschaft gewonnen.

Die Zahnspangen-Mädchen haben entschieden, dass es bei der Aufgabe gar nicht darum gehen soll, möglichst VIEL zu essen. Das wäre viel zu ungesund. Stattdessen müssen die Fighter die Dinge, die sie vorgesetzt bekommen, auch wirklich runterkriegen! Es scheint also eine Art Dschungelcamp-Challenge zu werden.

Schließlich betreten Derek und Eymen die Arena und die ist nichts anderes als der Restaurantbereich der Shoppingmall. Dort nehmen sie an zwei nebeneinanderliegenden Tischen Platz, stopfen sich Servietten in den Kragen und zücken ihr Besteck. Wieder werden sie von ihren Supportern bejubelt – und wieder steigt die Spannung ins Un-

ermessliche! Auch diese Challenge ist schließlich nicht ungefährlich! Kann ja gut sein, dass einer der Fighter platzt oder wenigstens quer durch den Saal kübeln muss!

Der Startschuss fällt und die Helfer stellen die ersten Gerichte vor die Fighter. Es geht total easy los, denn es gibt als Erstes zwei ganz normale Hamburger.

Sofort aber bekommen wir einen Vorgeschmack von Dereks Fähigkeiten als Wettkampfesser. Eymen will gerade in seinen Burger hineinbeißen, als Derek sich schon die Finger ableckt und fragt, was es als Nächstes gibt. Hammer-Wahnsinn! Der Müller-Mutant kann schneller essen, als man gucken kann!

Aber Eymen ist auch nicht schlecht. Er macht schmatzschleckknurps – und sein Burger ist auch verputzt!

Auch die zweite Runde ist einfach. Es gibt Durum-Döner mit extrascharfer Soße. Diesmal weiß Eymen, was ihn erwartet. Auch er macht einen auf Chamäleon – zack! Zunge raus! Hapsknurpsschluck! Und Döner ist weg!

Aber zu dem Zeitpunkt ist Dereks Teller schon lange leer. Dennoch nickt der Walfisch Eymen anerkennend zu: »Gar nicht schlecht, Eymen. Vielleicht sollten wir uns mal so ganz ohne Battle zum Essen treffen.«

»Klar, machen wir. Ich finde den Battle eh blöd.«

»Ich auch. Aber solange es was zu essen gibt, halte ich es aus. Außerdem müssen wir nix dafür bezahlen.«

Beide Fighter fangen an zu lachen und klatschen sich gegenseitig Highfive-mäßig ab. Das Geld für die Challenge haben wir übrigens bei unseren Supportern gesammelt. Jeder musste nur einen Euro geben. Das reicht, um jede Menge Essen zu bezahlen.

Die dritte Runde geht los und diesmal wird es schon schwieriger. Es gibt Sushi! Aber nicht so Anfänger-Gurken-Lachs-Sushi. Sondern echtes Profi-ich-krieg's-nicht-runter-Sushi, also mit rohen Glibber-Garnelen, Matsch-Seeigel-Innereien und stinkigen Fischeiern. Derek Müller zeigt jetzt sein ganzes Können und verschlingt ein Sushi nach dem anderen. Kein Problem für ihn.

Eymen dagegen kommt an seine Grenzen. Die Garnelen und den Seeigel schafft er noch ohne Probleme. Bei den Fischeiern nimmt sein Gesicht die gleiche Farbe wie das Essen an: gelb und grün. Aber er kämpft sich durch, er kaut und schluckt – und dann ist auch sein Teller leer.

Wieder gibt es Jubel und Applaus von den Supportern. Aber es ist auch klar, dass Eymen schon ziemlich angeschlagen ist, während Derek Müller noch frisch wie bei der ersten Runde wirkt.

Vor dem nächsten Gang werden unsere Supporter Mucksmaus-leise. Es gibt als Nächstes: Insekten! Kross gebackene Mehlwürmer! Frittierte Heuschrecken! Eingelegte Wasserkäfer! Angeblich alles voll Eiweiß-mäßig gesund! Aber nur für Blinde, wenn ihr mich fragt.

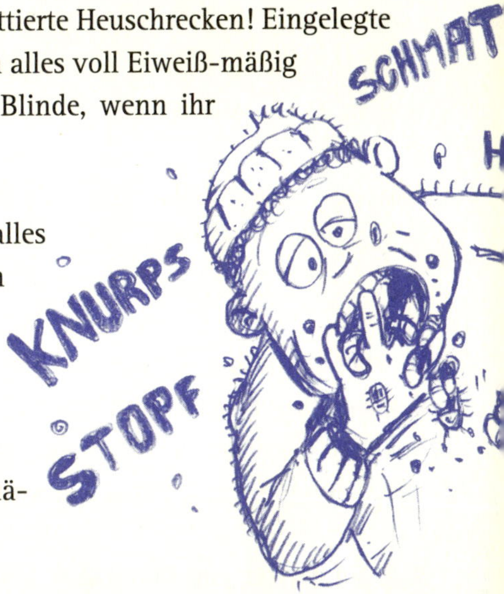

Aber Derek Müller ist alles egal. Er geht wieder in Führung, verschlingt die Würmer, kaut die Heuschrecken, lutscht die Käfer und schluckt sie schmatzschmatz-mäßig runter.

Eymen wirft ängstliche Blicke auf seinen Konkurrenten. Tapfer nimmt er ein paar Würmer in die Hand und stopft sie sich in den Mund. Jeder Bissen ist eine Qual, jedes Schlucken bringt ihn an den Rand seiner Kräfte. Aber er schafft es. Dann nimmt er sich die Heuschrecken vor. Auch die kriegt er runter, obwohl wir schon Angst haben, dass er vor Übelkeit vom Stuhl kippt.

Nun wartet die größte Herausforderung auf ihn: die Wasserkäfer! Er nimmt eins der Viecher in die Hand, führt ihn zum Mund – er will reinbeißen, zögert dann aber doch. Die Menge feuert ihn an.

Eymen! Beiß! Zu!

Eymen! Beiß! Zu!

Eymen schließt die Augen. Er hält sich den Wasserkäfer zwischen die Kiefer. Er muss nur noch den Mund schließen, kauen, schlucken! Eine Frage von Sekunden! Komm schon, Eymen, du schafft es …

… aber dann legt Eymen den Käfer zurück auf den Teller. Er schüttelt den Kopf und sagt: »Ich kann es einfach nicht. Ich kriege das Ding nicht runter. Ist zu voll krass eklig. Ich gebe auf. Derek hat gewonnen!«

Die Supporter der Mutanten jubeln. Derek Müller aber scheint es gar nicht zu merken. Er dreht sich zu Eymen und sagt: »Ist die Aufgabe schon vorbei? Freut mich. Aber … kann ich deine Käfer haben? Schmecken gar nicht so schlecht, die Dinger! Und ich habe immer noch Hunger.«

SCOREBOARD NINJA-WARRIOR-BATTLE
TEAM ABDI: 1
TEAM JUSTUS: 1

JUSTUS:

Die Fäuste-und-Hirn-Challenge

Die Disziplin: BOXEN UND SCHACHSPIELEN
Der Ort: DER BOXVEREIN VON ABDIS BRUDER BERAT
Die Fighter: GLEB VS. RAHUL

Nach dem *Großen Fressen* steht es unentschieden. Alles ist also offen.

Dennoch haben wir einen Vorgeschmack auf das bekommen, was uns noch bevorsteht. Es wird ein harter Tag werden – vielleicht der härteste, den wir je erlebt haben.

Das gilt natürlich erst recht für die nächste Challenge, denn bei der ist es wie in der ersten Runde. Eigentlich hat unser Team keine Chance zu gewinnen. Aber vielleicht ja doch.

Abdi wollte ursprünglich eine reine Fight-Challenge machen, genauer gesagt, einen Boxkampf. Hat

uns nicht gewundert, schließlich ist Jawid seit Jahren im Boxteam der Schule und einer der besten Kämpfer.

Aber die CSG-Mädchen haben Einspruch eingelegt. Denn ein reiner Boxkampf wäre keine Challenge, sondern ein Massaker. Also haben sie ein bisschen herumgegrübelt und beschlossen, dass es zwar beim Boxen bleibt, aber in einer bestimmten Variante: Schachboxen!

SCHACHBOXEN gibt es wirklich. Dabei treten zwei Kämpfer in elf Runden gegeneinander an: Sechsmal wird geboxt und fünfmal Schach gespielt. Gewinnen kann man durch K.O. oder durch Schachmatt – oder weil der Gegner aufgibt.

Wir haben lange überlegt, wer von uns ins Rennen gehen soll. Adam, der eine Chance im Boxen hat, kann nicht so gut Schach spielen. Rahul wiederum ist ein genialer Schachspieler, aber er fällt schon in Ohnmacht, wenn man ihn nur böse anguckt. Wie soll er da im Boxring bestehen?

Nachdem wir ewig rumdiskutiert hatten, ist Rahul irgendwann aufgestanden und hat gesagt: »Ich mache es! Und wenn es Jawid nicht gelingt, mich auszuknocken,

dann habe ich eine Chance, denn im Schach bin ich unschlagbar!«

Damit war es entschieden. Rahul, den Abdi immer nur den Zwerg nennt, weil er so klein ist, wird für unser Team in den Ring steigen.

Von der Shoppingmall wandern wir alle zusammen durch die Straßen unserer Stadt. Schließlich erreichen wir unser Ziel, den Boxverein »Hohle Birne«, in dem auch Abdis Bruder Berat trainiert.

Dort ist alles für unsere Challenge vorbereitet, also der Ring und das Schachbrett. Jawid und Rahul bekommen beide ein wenig Zeit, um sich umzuziehen und warm zu machen. Dann geht es los.

Der Fight beginnt wie immer beim Schachboxen mit einer Partie Schach. Die beiden Fighter besteigen den Ring, in dessen Mitte ein Tisch mit dem Schachbrett steht. Dann ertönt die Glocke und das Match beginnt. Die ersten Schachzüge gehen blitzschnell, schließlich tickt auch hier die Uhr. Rahul weiß, dass er darin gut sein muss, weil er sonst keine Chance hat. Jawid ist schweißüberströmt, so sehr strengt ihn das Schachspiel an. Aber schon nach wenigen Zügen kann Rahul ihm einen Läufer abnehmen. Unsere Supporter jubeln.

Dann ist es Zeit für die zweite Runde. Schnell wird der Schachtisch aus dem Ring getragen und die beiden Fighter schlüpfen in ihre Boxhandschuhe. Der Gong ertönt. So-

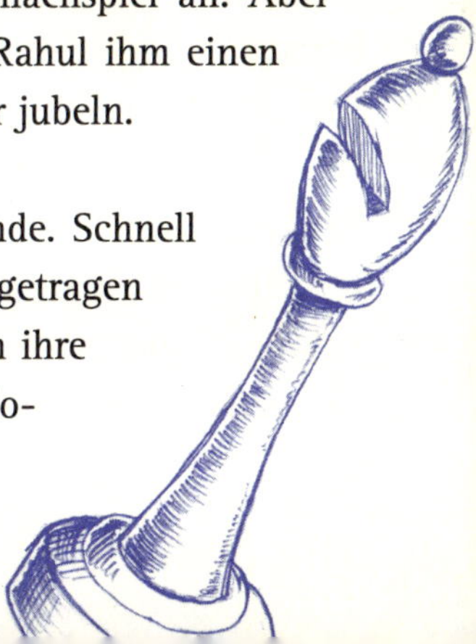

fort geht Jawid auf Rahul los, als wollte er ihn schlachten. Seine Fäuste fliegen in Lichtgeschwindigkeit nach vorne. Aber Rahul reagiert schneller als erwartet. Er duckt sich weg, weicht aus, taucht unter Jawids Schlägen durch und entgeht so allen Treffern. Diesmal ist es allerdings umgekehrt – Rahul ist schweißnass, während Jawid keine Anstrengung anzusehen ist.

Bei der nächsten Schachrunde kommt es zu einer Überraschung: Jawid kann Rahul einen Turm und einen Springer abnehmen! Verdammt, Jawid kann nicht nur genial boxen, er ist auch ein überraschend guter Schachspieler.

Wieder im Ring gibt es ebenfalls eine Überraschung – denn diesmal ist es Rahul, der Jawid eine gerade Rechte so in den Bauch rammt, dass Jawid ganz grün im Gesicht wird. Damit hätte niemand gerechnet, nicht einmal Rahul selbst. Klein zu sein, hat eben auch Vorteile, unter anderem weil Rahul einfach unter Jawids Deckung durchschlagen kann.

Die nächsten Runden sind ein hartes Kopf-an-Kopf-Rennen. Das Schachbrett leert sich nach und nach, weil die Fighter sich gegenseitig mehr und mehr Figuren abnehmen. Aber auch beim Boxen wird es immer heftiger. Rahul, der bisher in erster Linie gerannt ist, geht allmählich die Puste aus. Darum kann Jawid ihn einige Male treffen. Wir alle stöhnen auf vor Schmerzen, so sehr fühlen wir mit Rahul mit. Ich rufe in den Ring: »Du musst kein Held sein, Rahul! Wenn du aufgeben willst, stehen wir hinter dir.«

»Kein Problem«, keucht Rahul zurück. »Noch geht es mir gut.«

In der nächsten Schachrunde scheint sich das Blatt zu wenden. Rahul nimmt Jawid die Dame ab und setzt damit seinen König ins Schach! Durch das Publikum geht ein Raunen. Aber dann ist auch schon wieder eine Boxrunde dran. Wieder muss Rahul ein paar harte Schläge einstecken. Leider führen die dazu, dass er sich beim Schach nicht mehr richtig konzentrieren kann. Er lässt zwei offensichtliche Chancen zum Schachmatt einfach sausen! Vor allem aber braucht er jetzt so viel Zeit zum Nachdenken und verliert dabei die Uhr völlig aus den Augen. Schließlich stehen jedem Fighter beim Schach nur wenige Minuten zur Verfügung. Dann klingelt Rahuls Uhr. Er hat die Zeit überschritten und verliert!

Jawid ist superfroh. Aber anstatt zu ju-

beln, nimmt er Rahuls Hand und hält sie ebenfalls in die Höhe. Mit lauter Stimme sagt er: »Ich freue mich über meinen Sieg. Aber ich muss sagen, dass Rahul es mir verdammt schwer gemacht hat. Ich bin echt beeindruckt.«

Dann nehmen sich die beiden Fighter in den Arm. Die Supporter von beiden Lagern jubeln gemeinsam.

SCOREBOARD NINJA-WARRIOR-BATTLE
TEAM ABDI: 2
TEAM JUSTUS: 1

ABDI:

Die Shoppingqueen-Challenge

Die Disziplin: TARNEN UND VERWANDELN
Der Ort: ALLE KLAMOTTENLÄDEN DER SHOPPINGMALL
Die Fighter: KIRA VS. ABDI

Hattori Hanzō war der berühmteste Ninja-Checker im alten Japan! Wenn er wüsste, was sich heute alles Ninja nennt, er würde sein Schwert nehmen und sich selbst Harakiri-mäßig die Fußnägel abschneiden. Aber so was von!

In der nächsten Challenge geht es darum, dass die beiden Fighter sich in MÄDCHEN verwandeln sollen. Und zwar so gut, dass man sie nicht mehr als Jungs erkennt. Am Ende müssen beide einen unbekannten Typen ansprechen, der sie dann auf einen Kaffee einladen soll. Natürlich darf der Typ nicht merken, dass das Mädchen eigentlich ein Junge ist!

Echt jetzt, geht gar nicht! Ich könnte heulen, Leute! Was soll das sein? Crossdress-Ninja?!

Die ganze Aufgabe ist natürlich Kiras Idee – weil der ja sowieso immer wie ein Mädchen rumläuft, weil er nun einmal ein Mädchen sein möchte. Mir egal. Und wenn er ein Hund oder eine Mülltonne sein will, soll er sich als Hund oder Mülltonne verkleiden. Aber was hat Ich-verwandel-mich-in-ein-Mädchen mit Ninja zu tun? Als ich Kira danach frage, überrascht er mich und erklärt: »Ist doch ganz klar. Ein Ninja muss sich tarnen können! Früher haben sie sich mit Zweigen und Blättern im Wald getarnt oder sie sind mit einer Mauer verschmolzen. Ein moderner Stadt-Ninja muss andere Dinge draufhaben. Er muss eben zum Beispiel zum Mädchen werden können, damit ihn niemand erkennt.«

Grübel-
kratz-
am-Kopf.
Könnte sein,
dass Kira
recht hat,
oder was?!

Schlimmer als schlimm, am allerschlimmsten aber ist, dass keiner der Gang-Mitglieder bei der Aufgabe antreten möchte. Also muss ich es machen. Ausgerechnet! Dabei bin ich, Abdi Halman, der jungenhafteste Junge von allen Jungs! Mich kann man neverever niemals jemals zum Mädchen machen, oder was?!

Aber wenn wir es nicht versuchen, werden Justus und die Mutanten die Challenge gewinnen und Justus wird **KING OF SCHOOL**! Geht noch viel weniger. Als muss ich zeigen, was ich als Verwandlungsninja draufhabe!

Für die Challenge kehren wir wieder in die Shopping-Mall zurück. Hier gibt es jede Menge Klamottenläden und Kosmetiksalons und Nail-Studios und Mädchen-Unterwäsche-Geschäfte. Man kann also alles kaufen, um sich perfekt zu verwandeln.

Bevor es losgeht, wird wieder bei den Supportern Geld gesammelt. Jedes Team bekommt hundert Euro, für das es Klamotten kaufen, zum Friseur gehen, Schminke auftragen und Fingernägel machen lassen kann. Dann fällt der Startschuss. Wir haben zwei Stunden Zeit, um aus mir *Abdine*, das sexy Supergirl, zu machen!

Als Erstes gehen wir ins Mädchen-Unterwäsche-Geschäft. Weil: Echte Verkleidung fängt bei der untersten Schicht an. Ich also rein in die Umkleidekabine und mache mich total nackig. Dann reichen mir die anderen Unterhose und BH mit Spitze und sexy Strümpfe. Ich bin wieder Handgranaten-sauer und sage, dass ich jeden umbringe, der es wagt, über mich zu lachen – würde mich sogar selbst umbringen, wenn ich lache.

Danach gehen wir in einen Klamottenladen und ich bekomme sexy Kleid und Bluse und Mädchenjacke. Und dazu Schuhe mit Absatz, so hoch, dass ich mir vorkom-

me wie ein Stelzenläufer. Ist verrückter Wahnsinn, denke ich, dass die Mädchen jeden Tag mit so Schuhen rumlaufen. Gehen geht gar nicht!

Jetzt sehe ich schon aus wie ein krass hübsches Mädchen – aber nur vom Hals abwärts. Mein Kopf ist immer noch voll jungsmäßig. Also gehen wir erst zum Friseur, wo ich eine Lockenfrisur bekomme, dann zur Douglas-Schminkologin, die mir rote Wangen und blaue Augen und schwarze Brauen macht, und dazu Schlafzimmerblick-lange Wimpern.

Als die Schminkologin fertig ist, gucke ich in den Spiegel und denke, mich tritt ein Druidica-Kampfroboter: Ich bin so hübsch, ich könnte mich glatt in mich selbst verlieben!

Und Gleb, Jawid und Eymen gucken mich an, als wären sie auch in mich verliebt.

Plötzlich denke ich, dass Mädchensein richtig Spaß macht! Könnte mein neues Hobby werden! Aber dann fällt mir ein, was passiert, wenn mich jetzt einer meiner Brüder sieht! Er würde mich auf der Stelle zu Hackfleisch machen und mit mir die Fische füttern. Weil ich die Ehre von allen Halman-Männern seit tausend Generationen verletze, oder was. Dabei ist Quatsch, weiß ich jetzt. Weil, ich bin echt das hübscheste Halman-Jungemädchen seit tausend Generationen!

Dann treten Kira und ich vor unsere Supporter. Alle jubeln. Auch Kira hat sich in ein perfektes Supermädchen verwandelt. Er ist so hübsch, dass ich mich auch in sie verlieben könnte. Ich meine, in ihn?! Nein, in sie-ihn? Ach, keine Ahnung oder was, ist auch egal.

Für die letzte Challenge-Entscheidung aber kommt nun der schwierigste Teil der Aufgabe: Wir müssen einen Jungen ansprechen. Und er darf nicht merken, dass wir keine Mädchen sind.

Kira macht den Anfang. Er geht wie ein Supermodel durch die Shoppingmall. Dauert keine fünf Minuten und ungefähr hundert Jungs stehen Schlange und sind voll verliebt in ihn und wollen Kaffee trinken oder Candle-Light-Dinner oder heiraten. Kira hat die Challenge mit Bravour bestanden, weil kein einziger Junge merkt, dass sie in Wirklichkeit kein Mädchen ist.

Dann bin ich an der Reihe. Will mir auch voll Mühe geben, weil es geht ja um die Ninja-Challenge. Ich sehe einen Jungen, der voll nett aussieht. Ich so zu ihm hin und sage: »Hörssu zu, Checker. Bin ich fett hübsches Mädchen, oder was? Willssu misch Kaffee einladen, weil, wenn du nicht machst, haue ich dich mit Faust auf Auge, verstehst du, Alter?«

Der Junge sieht mich an und sagt: »Du hast aber eine ganz schön tiefe Stimme für ein Mädchen.«

Verdammt, denke ich. Habe ich etwa mit normaler Abdi-Stimme gesprochen? Muss ich sofort verbessern. Ich schalte um auf Mädchen-Zwitscher-Stimme und sage: »Okay, war Versehen mit Stimme. Weil, ich bin erkältet. Also was jetzt, machssu mich Kaffee einladen, oder willssu voll krass Faust auf Auge?«

Der Junge aber schüttelt nur den Kopf und kugelt sich weg vor Lachen. Ich drehe mich zu den Jury-Mädchen um, die sich auch alle vor Lachen kugeln. Sieht so aus, als hätte ich verloren.

SCOREBOARD NINJA-WARRIOR-BATTLE
TEAM ABDI: 2
TEAM JUSTUS: 2

JUSTUS:

Die Faultier-Challenge

Die Disziplin: WER SICH ZUERST BEWEGT, HAT VERLOREN
Der Ort: DER STADTPARK
Die Fighter: EYMEN VS. JUSTUS

Man könnte den Eindruck bekommen, dass nur mein Team seltsame Challenge-Ideen hat. Stimmt aber nicht. Denn auch die Ghetto-Gang überrascht uns mit einem seltsamen Vorschlag für die nächste Runde.

Die beiden Fighter sollen: nichts tun. Und nichts tun bedeutet wirklich absolut null zero gar nix tun – so würde Abdi es ausdrücken. Außer vielleicht atmen. Das ist erlaubt. Ansonsten aber geht es darum, sich so lange wie möglich nicht im Geringsten zu bewegen. Also: nicht sprechen, nicht rumlaufen, nicht gähnen, nicht lachen, nicht mit den Augen zucken. Wer auch nur den kleinen Finger bewegt, hat auf der Stelle verloren.

Besondere Hürde: Die gegnerischen Teammitglieder dür-

fen die beiden Konkurrenten nerven und ärgern. Nur kneifen, anrempeln, wegschubsen oder sonst wie berühren dürfen sie ihn nicht.

Für die Gangster tritt Eymen an. Das ist keine Überraschung. Eymen bewegt sich nie besonders viel. Und ab und zu ist er noch ruhiger als ruhig und noch bewegungsloser als bewegungslos. So als hätte er sich selbst hypnotisiert.

Für unser Team werde ich antreten. Aber eine große Chance rechne ich mir gegen Eymen nicht aus. Er wird den Punkt für sein Team holen. Außer uns fällt doch noch etwas ein, um ihn aus der Ruhe zu bringen.

Wir gehen zu unseren Wettkampfplätzen, zwei nebeneinanderliegende Bänke im Stadtpark. Eymen und ich machen es uns bequem, nicken dann den IQ-Mädels zu. Der Startschuss fällt und wir nehmen augenblicklich unsere Faultier-Kampfhaltung ein, sprich, wir sitzen auf der Bank und sind so starr wie zwei Marmorfiguren.

Ein paar Minuten geht das ohne Weiteres gut. Ich sitze hundert Prozent regungslos da. Ich lasse mich auch nicht durch die oberdummen Störversuche von Abdi und den anderen Gangstern aus der Ruhe bringen. Sie erzählen mir zum Beispiel, dass Godzilla gerade im Anmarsch ist und die Stadt zerstört und dass ich besser fliehen sollte. Das soll mich schocken?! Auch die Nummer, dass der Sparkassendirektor verrückt geworden ist und

auf der Straße Tausend-Euro-Scheine verteilt, bringt mich nicht aus der Ruhe. Die Idee, dass hinter mir ekelhafte Schleimwürmer an der Bank hochkriechen, auf der ich sitze, finde ich schon weniger lustig. Spüre ich da nicht etwas Feuchtes, Glibbriges am Hals? Ach, ist bestimmt Einbildung!

Mein Team versucht ähnliche Tricks bei Eymen. Sie erzählen ihm Witze. Da ist die Story von dem Hai und dem Surfer. Oder die von dem Schlafwandler beim Arzt und die von dem Schlumpf, der blaumacht, und der Giraffe mit dem Knoten im Hals ... fast muss ich selbst lachen. Eymen aber reagiert überhaupt nicht.

Jetzt versuchen auch die Gangster, mich mit irgendwelchen Geschichten zum Lachen zu bringen. Gleb Golubew erzählt mir, dass er unserem Hund Malcolm beibringen möchte, die Titelmelodie von *Der Weiße Hai* zu pupsen. Ich würde ihm am liebsten antworten, dass Malcolm das längst kann. Und sogar noch mehr. Er kann auch die Präsidentenansprache von Donald Trump nachpupsen. Als ich daran denke, muss ich wieder beinahe lachen. Im letzten Moment kann ich mich noch beherrschen.

Dann aber passiert etwas Unerwartetes. Derek setzt sich neben Eymen auf die Bank, wühlt in seiner Tasche herum und holt sein Lunchpaket heraus, beißt herzhaft hinein und sagt mit vollem Mund: »Mmmh! Voll lecker, Eymen! Weißt du, was das ist? Ein Wasserkäfer-Burger. Guck mal, hier gucken sogar noch ein paar Käferbeine zwischen den Brötchenhälften hervor. Es knackt immer so schön, wenn man auf eins der Viecher draufbeißt. Wenn du diese Aufgabe gewinnst – wovon wir ja alles ausgehen – dann lade ich dich später auch auf einen Wasserkäfer-Burger ein. Du darfst auf keinen Fall ablehnen, weil ich sonst tödlich beleidigt wäre!«

Derek schwafelt weiter und sagt, dass er Eymen als Beilage noch ein paar Raupenpommes und einen Würmersalat bestellen würde. Eymen beginnt zu schwitzen und zu zittern. Er kann kaum noch still sitzen. Dann erzählt Derek ihm, dass er als Nachtisch noch eine Portion Quallenpudding springen lassen würde … daraufhin springt Eymen auf und rennt wie ein geölter Blitz davon!

Unsere Supporter jubeln, was das Zeug hält. Paksoy kommt zu mir und sagt mit offizieller Stimme: »Justus! Du darfst dich bewegen! Du hast die Runde gewonnen!« Da springe ich auf und reiße jubelnd die Arme in die Höhe! Derek, Kira, Rahul und Adam[2] packen mich an Armen und Beinen, werfen mich hoch und fangen mich wieder auf. Unerwartet ist unser Team in Führung gegangen. Wenn wir jetzt noch die nächste Runde gewinnen – dann wäre uns der Challenge-Sieg sicher!

SCOREBOARD NINJA-WARRIOR-BATTLE
TEAM ABDI: 2
TEAM JUSTUS: 3

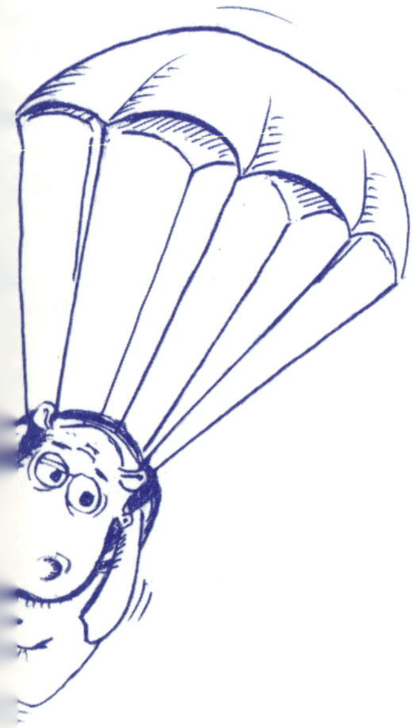

ABDI:

Die Streetball-Challenge

Die Disziplin:	KÖRBE WERFEN EINMAL ANDERS
Der Ort:	DAS BASKETBALLFELD BEIM SPIELPLATZ
Die Fighter:	ADAM² VS. JAWID

Ich bin nicht Handgranaten-sauer, ich bin Atombomben-Todesstern-mäßig wütend! Nobody neverever kann so gut nix tun wie Eymen. Trotzdem haben wir die Aufgabe verloren. Warum? Weil der Walfisch Derek Müller unfair war! Darum renne ich zu den Zahnspangen-Mädchen und lege krassesten Einspruch ein: »Das war Foul! Das war Abseits! Willisch sofort Videobeweis

und Wiederholung der Aufgabe. Oder ich mache Klage vor Fifa-Ninja-Sportgericht! Aber so was von!«

Auch viele unserer Supporter sind sauer und unterstützen mich mit lauten Buh-Rufen. Daraufhin stecken die IQ-Girls die Köpfe zusammen und beraten sich tuschel-tuschel-mäßig. Dann fällt die endgültige Entscheidung. Bevor sie öffentlich bekannt gegeben wird, kommt Paksoy zu mir und sagt: »Es tut mir leid, Abdi. Aber was Derek getan hat, war erlaubt. Er hat Eymen nervös gemacht. Schließlich habt ihr Justus auch etwas von Schleimwürmern erzählt. Der Punkt bleibt also beim Team Justus.«

Ich bin kurz davor, mit dem Kopf gegen die nächste Laterne zu rennen, als Paksoy mit ultraleiser Flüsterstimme hinzufügt: »Weißt du eigentlich, dass du für mich viel mehr bist als der **KING OF SCHOOL**, Abdi? Du bist mein King of Heart!«

Ich gucke Paksoy nullcheck-mäßig an und frage auch flüstermäßig leise: »Meinsu etwa, dass du mich so verliebt-mäßig gut findest, oder was?«

Daraufhin nickt Paksoy und sagt noch leiser: »Genau. Ich finde dich verknallt-über-beide-Ohren-mäßig total toll, Abdi!«

Ich muss erst einmal taumel-mäßig Luft holen. Immerhin ist Paksoy ein Zahnspangen-Hochbegabt-Mädchen! Und ich bin nur ein Chaos-King! Meint sie das ernst? So, wie sie mich anguckt: Ja! Und dabei fällt mir ein, dass ich sie auch Topmodel-mäßig super finde. Wow! Ich glaube, ich bin auch bis-über-beide-Ohren-mäßig verknallt.

Aber egal, im Moment gibt es Wichtigeres zu tun, als Säusel-Knutsch zu machen. Wir müssen die nächste Aufgabe gewinnen, weil sonst alles zu spät ist.

Megaproblem dabei: Den nächsten Fight können wir gar nicht gewinnen. Eigentlich. Weil es eine Streetball-Challenge ist, bei der es darum geht, Basketbälle im Korb zu versenken. Niemand an der Schule und im ganzen bekannten Universum kann das besser als Adam^2. (Jetzt mal außer Dirk Nowitzki und LeBron James.)

Obwohl, eine Quanten-Atomkern-mäßig winzige Chance haben wir! Es geht nämlich darum, den Ball auf möglichst akrobatische Weise im Korb zu versenken. Dafür müssen die Fighter Anlauf nehmen, dann von einem Trampolin abspringen und ihre Fähigkeiten als Luftakrobaten beweisen – voll Harlem-Globe-

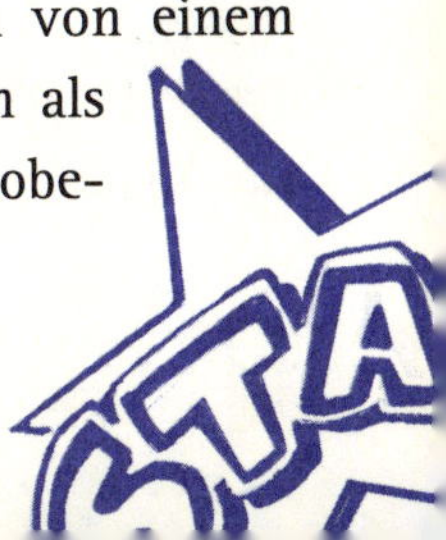

trotter-mäßig! Dabei könnte Jawid, der für uns antritt, vielleicht doch etwas reißen. Schließlich ist er als Boxer ein echter Ring-Akrobat!

Wir marschieren rüber zum Basketballfeld neben dem Spielplatz. Es herrscht eine Atmosphäre wie beim Podrennen auf Tatooine! Alle quasseln durcheinander, feuern ihr Team an, schließen Wetten ab. Dann ist es so weit! Die Aufgabe beginnt. Jedes Team hat fünf Versuche. Wer danach am meisten Punkte hat, gewinnt.

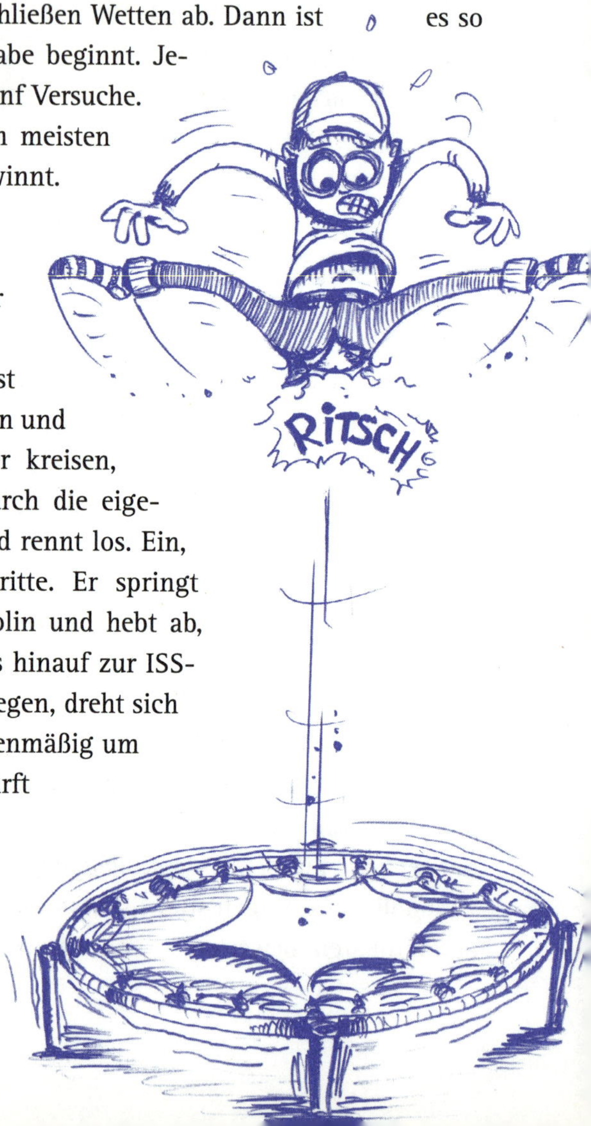

Adam² macht den Anfang. Er nimmt einen Basketball, lässt ihn lässig hüpfen und auf dem Finger kreisen, dribbelt ihn durch die eigenen Beine – und rennt los. Ein, zwei, drei Schritte. Er springt auf das Trampolin und hebt ab, als wollte er bis hinauf zur ISS-Raumstation fliegen, dreht sich einmal schraubenmäßig um sich selbst, wirft den Ball – und *swutsch!* – Treffer! 1:0 für Adam².

Als Nächstes ist Jawid dran. Er will den Ball auch auf dem Finger kreisen lassen, aber die blöde Kugel macht, was sie will, und hüpft davon. Die Supporter der Mutanten lachen laut! Egal, oder was? Dann rennt auch Jawid los, er dribbelt, erreicht das Trampolin, hebt ab, streckt sich in der Luft und dreht sich dabei wie ein wirbelnder Indianerpfeil. Im letzten Moment wirft er – und *swutsch!* – Ausgleich. Es steht 1:1!

Die Mutanten sind überrascht. Das hätten sie Jawid nicht zugetraut. Mit entschlossenem Gesichtsausdruck tritt Adam^2 zum zweiten Mal an. Er dribbelt, rennt, hebt ab, lässt den Ball im Flug über den eigenen Rücken und zwischen den Beinen hindurch kreisen. Im letzten Moment wirft er – aber *bäng!* Die Kugel trifft nur den Ring und springt ins Nirvana. Kein Punkt! Unsere Supporter jubeln, was das Zeug hält.

Zweiter Versuch für Jawid. Auch er rennt los, springt ab, wirft den Ball im Flug mit voller Wucht ans Backboard, fängt den Ball wieder auf, will erneut werfen – aber es ist zu spät. Er ist schon wieder auf dem Boden und die Chance ist vorbei. Auch wir bekommen keinen Punkt. Es steht weiter 1:1.

Beim dritten Versuch lässt Adam² sich die Augen verbinden. Obwohl er nichts sehen kann, rennt er los, springt vom Trampolin ab, wirft – und *swutsch!* – trifft ins Netz! Es steht 2:1!

Jawid dreht sich um, rennt rückwärts, springt rückwärts ab, wirft den Ball über den Kopf – und *swutsch!* – trifft ins Netz. Wir jubeln begeistert. Es steht 2:2. Ausgleich!

Beim vierten Versuch hüpft Adam² auf einem Bein los, springt mit einem Bein vom Trampolin ab und wirft auch den Ball nur mit einer Hand. Aber ... dümpel, dümpel ... der Wurf ist zu kurz, berührt nicht einmal das Netz und rollt über das Feld. Kein Punkt. Die Supporter der Mutanten stöhnen vor Enttäuschung.

Jawid geht wieder an den Startpunkt. Er lässt sich die Beine mit einem Tuch zusammenbinden. Ächzend und stöhnend hüpft er auf das Trampolin zu, hüpft in Richtung Korb, wirft – und *swutsch!* – der Ball geht ins Netz. Unsere Supporter liegen sich in den Armen, jubeln und schreien. Jawid ist in Führung gegangen. Es steht 3:2 für uns!

Adam^2 ist wieder dran. Sein Gesicht ist ernst und entschlossen. Er weiß, was auf dem Spiel steht. Es ist sein letzter Versuch. Wenn er jetzt keinen Punkt macht, ist es vorbei. Er rennt los, dribbelt, erreicht das Trampolin. Wieder hebt er ab, als wollte er als erster Mensch den Mars erreichen! Er macht in der Luft ein Doppelsalto mit anschließender gehockter Schraube und geflogenem Rittberger. Das reicht locker für eine Turn-Goldmedaille. Aber darum geht es nicht ... Dann wird klar, dass er nach den vielen Saltos und Schrauben und Drehungen nicht mehr weiß, wo vorne und wo hinten ist. Er wirft den Ball, aber in die völlig falsche Richtung ... KEIN PUNKT!

Wir und unsere Supporter rennen auf den Platz, klatschen Jawid ab, jumpen aufeinander und johlen wie eine wild gewordene Affenbande. Wir haben das Unmögliche möglich gemacht – wir haben die Streetball-Aufgabe gewonnen! Obwohl niemand damit gerechnet hat.

SCOREBOARD NINJA-WARRIOR-BATTLE
TEAM ABDI: 3
TEAM JUSTUS: 3

JUSTUS:

Die Spiderman-Challenge

Die Disziplin: IN DEN HIMMEL KLETTERN
Der Ort: DIE HOCHAUS-BAUSTELLE
Die Fighter: ABDI VS. JUSTUS

Beide Teams haben jeweils drei Aufgaben für sich entschieden. Es ist also passiert. Nach den sechs Challenge-Runden steht es unentschieden. Das bedeutet, dass wir in die alles entscheidende Spezialrunde gehen müssen. Sie wird alles, was bisher war, in den Schatten stellen.

Erst einmal ist mir das aber total egal. Viel wichtiger ist, dass wir uns um Adam[2] kümmern. Er ist am Boden zerstört, schließlich hat er als Einziger von uns beide Aufgaben verloren, zu denen er angetreten ist. Wir stehen um ihn herum, klopfen ihm auf die Schulter und versichern ihm, dass er einfach nur Pech gehabt hat. Adam² aber lässt den Kopf hängen und will nichts hören. Er ist total frustriert. Plötzlich jedoch passiert etwas Unerwartetes. Die CSG-Mädels kommen zu uns und haben einen riesigen Pokal in der Hand. Jelena räuspert sich und sagt dann so laut, dass es auch alle unsere Supporter hören können: »Wir haben uns schon heute Morgen überlegt, dass wir einen Sonderpreis verleihen wollen. Er geht an den Fighter, der am härtesten gekämpft und am meisten gegeben hat – egal, ob er nun gewonnen hat oder verloren. Und das ist ganz klar und ohne jeden Zweifel: Adam²!«

Unter dem lauten Jubel aller Supporter – unserer und der vom Team Abdi – nimmt Adam² den Pokal entgegen.

Dann passiert ein noch größeres Wunder. Adam², der sonst nie etwas sagt, hält eine Ansprache. »Leute, ich freue mich total über den Pokal. Echt! Vor allem, weil er mir und uns allen zeigt, dass es Wichtigeres im Leben gibt, als zu gewinnen. Man muss den Mut haben mitzumachen! Man muss alles geben. Nur darauf kommt es an. Danke!«

Erneut jubeln die Supporter und applaudieren für Adam². Er ist jetzt schon der Hero des Tages.

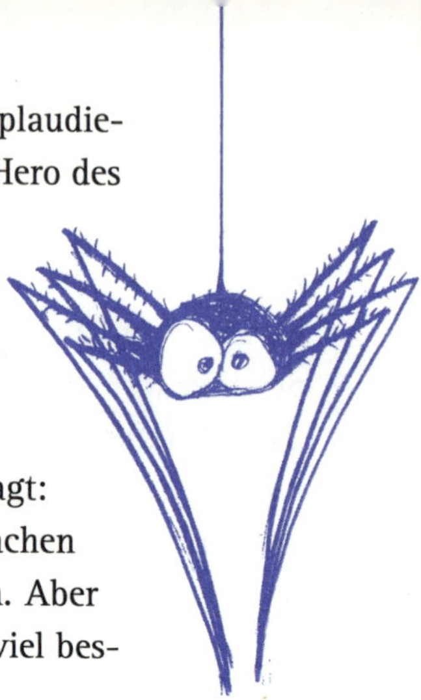

Keine fünf Minuten später höre ich ein Pittbull-mäßiges Knurren hinter mir. Abdi.

Ich drehe mich um. Er grinst und sagt: »Der schwarze Riese hat recht. Mitmachen ist voll krass wichtiger als gewinnen. Aber mitmachen UND gewinnen ist noch viel besser.«

»Sicher. Darum wird es ja auch die siebte Challenge geben. Und weißt du, wer gewinnt? Ich!«, sage ich lässig.

Es steht nämlich fest. Bei dieser letzten Aufgabe werden Abdi und ich gegeneinander antreten.

»Irrst du dich gewaltig, Bieber. Sieg gehört mir. Kannst du machen, was du willst, aber ändern kannst du nicht.«

»Wir werden sehen, Abdi.«

»Richtig, werden wir sehen.«

Unsere beiden Teams und die Supporter wandern wieder zurück in die Vorstadtsiedlung, wo die Challenge heute Morgen begonnen hat. Diesmal schlüpfen wir durch einen Bauzaun, um auf die Baustelle zu kommen, auf der ein neues Hochhaus entstehen soll. Die IQ-Mädels führen uns zu einem der riesigen Baukräne. Er ist aus gelb angesprühtem Stahl und unglaublich hooooch.

Dann erklärt uns Jelena, worum es bei der Spezialaufgabe gehen soll. Es wird eine Spiderman-Challenge sein – es geht also darum zu klettern. Zum Glück

müssen wir nicht den ganzen Kran hochsteigen. Das wäre viel zu gefährlich. Stattdessen hat die Jury in ungefähr zehn Meter Höhe zwei Fahnen angebracht. Derjenige von uns, der als Erster eine Fahne erreicht, hat gewonnen. Außerdem sind beide Fighter verpflichtet, sich jedes Mal, bevor sie den nächsten Schritt machen, mit einem Sicherungshaken an dem Kran festzubinden. Wer das vergisst, hat automatisch verloren.

Bevor es losgeht, bekommen wir beide ein Klettergeschirr umgebunden. Er besteht aus Seilen und Ösen, an denen man die Sicherungsleine festmachen kann. Dann ist es so weit. Abdi und ich nehmen an dem Kran Aufstellung, auf gegenüberliegenden Seiten. Durch die Streben hindurch können wir uns sehen. Über uns wehen die Fahnen, die wir erreichen müssen.

Jelenas Stimme zerreißt die Stille: »Seid ihr bereit, Fighter? Dann beginnt jetzt die alles entscheidende Aufgabe. Drei ... zwei ... eins ... los!«

Ich strecke mich blitzschnell, so hoch ich kann, und klinke das Sicherungsseil in eine Metallstrebe. Dann klettere ich die ersten Meter in die Höhe. Klick-kletterschnauf! Und

wieder: klick-kletter-schnauf. Es ist höllisch anstrengend, aber es klappt ganz gut. Durch die Streben kann ich erkennen, dass ich einen kleinen Vorsprung vor

Abdi habe. Aber er legt sich ins Zeug und holt auf. Ich darf nicht nachlassen. Klick-kletter-schnauf – klick-kletter-schnauf. Meter für Meter geht es in die Höhe. Abdi hat inzwischen den Bogen raus und klettert nun genauso schnell wie ich. Ich sehe nach unten und muss schlucken. Obwohl es erst fünf oder sechs Meter sind, wird mir fast schwindelig. Unter uns sehe ich die Menge der Supporter. Die Hälfte feuert mich an, die andere Hälfte feuert Abdi an. Ich strecke mich nach oben, befestige den Sicherungshaken am Kran und klettere ein paar Streben weiter. Klick-kletter-schnauf – klick-kletter-schnauf. Die Siegerfahne ist gleich in meiner Reichweite. Durch den Kran hindurch sehe ich, dass auch Abdi Gas gibt. Verdammt, ich muss mich beeilen. Drei Meter noch! Zwei Meter! Einer!

»GESCHAFFT!«, schreie ich jubelnd heraus.

»GESCHAFFT«, schreit Abdi im exakt gleichen Moment auf der anderen Seite des Krans.

Tief unter uns sehen wir, wie die IQ-Mädels die Köpfe zusammenstecken und sich beraten. Dann ruft Jelena: »Unentschieden! Beide Fighter haben ihre Fahne gleichzeitig erreicht. Abdi! Justus! Kommt wieder runter. Das Wettklettern wird wiederholt!«

Ich bin ganz schön erledigt, weil Klettern anstrengender ist als gedacht. Keine Ahnung, ob ich das so ohne Weiteres noch einmal schaffe.

Durch die Streben des Krans kann ich Abdi ansehen, dass er genauso enttäuscht ist wie ich.

»Hör zu, Bieber. Habisch Vorschlag«, sagt Abdi.

»Was denn?«, frage ich.

»Erst runterklettern und dann wieder hoch ist bescheuert. Wir klettern weiter hoch. Siehst du da oben? Noch einmal zehn Meter höher. Da ist ein Schild am Kran. Wer zuerst da ist, hat gewonnen. Was sagst du?«

»Einverstanden. So machen wir es. Wir zählen bis drei, dann geht es los!«

Wir wollen gerade den Countdown starten, als uns Jelenas Stimme von unten unterbricht: »Hey, Fighter! Habt ihr nicht gehört, was ich gesagt habe? Ihr sollt runterkommen. Es gibt eine zweite Runde.«

»Lass die Zahnspange reden«, sagt Abdi. »Wir klettern.«

»Alles klar. Also: drei ... zwei ... eins ... los!«

Wieder strecke ich mich in die Höhe und klicke das Sicherungsseil ein, strecke mich nach oben. Unter uns ist ein Schrei des Erstaunens zu hören. Jelena und auch ein paar andere motzen herum, dass wir verrückt wären und sofort aufhören

sollen. Abdi und mir ist das egal. Das hier ist viel zu wichtig. Wir dürfen uns nicht ablenken lassen. klick-kletter-schnauf – klick-kletter-schnauf. Kräne hochklettern könnte glatt mein Lieblingshobby werden. Ist ne Kleinigkeit! Unten ruft die Menge immer noch, dass wir runterkommen sollen. Egal. klick-kletter-schnauf – klick-kletter-schnauf. Durch die Streben des Krans sehe ich, dass Abdi auch nicht lockerlässt. Im Gegenteil, er hat jetzt sogar einen kleinen Vorsprung. Verdammt, ich muss schneller werden!

Das Schild ist nur noch einen Meter entfernt. Noch zwei Streben, noch eine ...

»GESCHAFFT!«, schreie ich erleichtert.

»GESCHAFFT«, schreit Abdi auf der anderen Seite – wieder im exakt gleichen Moment.

Und unten ruft die Menge, ebenfalls im gleichen Moment: »IHR SEID VERRÜCKT!«

Abdi und ich sehen uns durch die Streben an und müssen beide grinsen. Es steht immer noch unentschieden!

Inzwischen sind wir so hoch, das wir einen Wahnsinns-Ausblick auf die Baustelle und den ganzen Stadtteil haben. Die Supporter und die Menschenmenge sind winzige Punkte unter uns. Oh Gott, ist mir schlecht! Wenn einer von uns abstürzt, taugt er danach nicht mal mehr als Insekten-Burger!

Abdis Stimme reißt mich aus den Gedanken. »Was sagst du, Bieber? Wie soll es weitergehen?«

»Weiß nicht. Wie wäre es damit: Wer als Erster wieder unten ist, hat gewonnen?«

»Wie hohl bissu, Hohlbirne? Weiß ich genau, was du machst. Machst du Seil ab, fliegst runter und hast gewonnen! Never ever!«

»Dann müssen wir halt noch weiter nach oben klettern!«

»Ist krass korrekt! So machen wir es. Siehst du Telefonzelle da oben?«

»Das ist keine Telefonzelle, du Einzellenhirn. Das ist das Kranführerhäuschen«, sage ich.

»Egal, oder was? Jedenfalls, wer zuerst da ist, hat gewonnen!«

»Top! So machen wir es. Also: drei ... zwei ... eins ... los!«

Erneut beginnt das Spiderman-Wettrennen. klick-kletter-schnauf – klick-kletter-schnauf. Sprosse für Sprosse arbeiten wir uns nach oben. Inzwischen weht uns ein strammer Wind um die Ohren. Kein Wunder, wir haben bestimmt schon die Stratosphäre erreicht. Müssen aufpassen, dass

wir von keinem Satelliten getroffen werden! Außerdem zittern mir inzwischen die Arme und Beine so sehr, dass ich nur noch Faultier-mäßig langsam weiterkomme. Bei Abdi ist es genauso. In Zeitlupe arbeiten wir uns höher. Mal ist er eine Sprosse weiter oben, mal ich.

Von unten hören wir immer noch lauten Lärm. Jubel- oder Anfeuerungsrufe gibt es keine mehr. Es sind nur noch Warnrufe! Einmal schreien alle, wirklich alle, gemeinsam: »Hört auf! Kommt runter! Ihr brecht euch den Hals!«

Paksoy ruft, so laut sie kann: »Abdi! Es ist egal, wenn du nicht gewinnst! Bitte, komm runter! Sonst passiert dir noch was!«

Leela Kapur, das tollste, schönste, süßeste Mädchen aller Zeiten, tritt aus der Menge heraus und ruft: »Justus! Ich hab's dir vielleicht nie gesagt, aber ich mochte dich von der ersten Sekunde an! Und jetzt habe ich Angst um dich! Bitte, komm runter!«

Ich höre auf zu klettern. Abdi genauso. Durch die Streben des Krans gucken wir uns an und müssen beide grinsen. Dann sagt Abdi: »Mädchen sind ja so bescheuert.«

»Wollte ich auch gerade sagen. Los, weiter.«

Klick-kletter-schnauf – klick-kletter-schnauf. Inzwischen sind wir so hoch, dass wir die Warnrufe von unten nur noch undeutlich hören können. Die Baumaschinen und sogar die Häuser sehen winzig klein aus. Wie hoch sind wir wohl? Mindestens vierzig Meter! Aber es ist immer noch ein Stück bis zum Kranhäuschen.

Wir sehen hinunter und müssen beide so laut schlucken, dass es bestimmt noch am anderen Ende der Stadt zu hören ist. Vielleicht haben unsere Supporter doch recht und wir brechen uns gleich den Hals, weil einer von uns abstürzt!

Wir werfen uns einen Blick zu. Unsere Gesichter sind so grün wie zwei Laubfrösche. Außerdem zittern wir beide vor Angst. Abdi wischt sich den Schweiß von der Stirn und sagt: »Wer das hier gewinnt, wird nicht KING OF SCHOOL, Bieber. Er wird KING OF SCHWACHSINN!«

»Oder KING OF HALSBRUCH«, antworte ich mit zittriger Stimme.

»Darfst du never ever jemandem sagen, Bieber. Aber: Ich hab voll Angst.«

»Dann verrate ich dir ein Geheimnis, Abdi. Ich hab auch voll Angst.«

»Was sollen wir tun?«

»Weiß nicht. Ich hab so viel Angst, dass ich nicht nachdenken kann.«

»Geht mir original konkret genauso.«

»Vielleicht sollten wir doch besser runterklettern?«, schlage ich vor.

»Schon, aber – ich kann nicht mehr. Ist zu weit bis nach unten. Meine Arme sind wie Pudding.«

»Und meine wie Joghurt«, sage ich. Zum ersten Mal bin ich von Abdi beeindruckt. Er hat als Erster zugegeben, dass er Angst hat.

»Klettern wir erst einmal hoch zu Kranführer-Telefonhäuschen. Da können wir Pause machen.«

»Gute Idee, Abdi. Aber schön langsam und ganz vorsichtig.«

»Jeden Schritt zusammen. Ist jetzt kein Spiderman-Wettrennen mehr, in Ordnung?«

»Auf jeden Fall. Ab jetzt halten wir zusammen.«

Klick-kletter-schnauf – klick-kletter-schnauf. Die letzten Meter sind eine Qual. Am liebsten würde ich mich an den Kran klammern und die Augen zumachen. Abdi genauso. Aber das geht nicht, denn dann würde alles noch viel schlimmer.

Endlich erreichen wir das Kranhäuschen. Abdi hat schon recht, es sieht wirklich aus wie so eine altmodische Telefonzelle. Zum Glück ist es nicht abgeschlossen. Wir öffnen die kleine Tür aus Glas, quetschen uns zusammen in die Kabine und sagen wie aus einem Mund: »GESCHAFFT!«

Wir haben uns gerade ein paar Minuten erholt, als wir von unten eine Polizeisirene hören. Dann dröhnt eine Stimme aus einem Megafon zu uns herauf: »Hier spricht die Polizei! Ihr zwei seid ja wohl die hohlsten Hohlbirnen der Welt! Wie verrückt kann man eigentlich sein? Was ihr da tut, ist lebensgefährlich.«

Abdi will hinunterrufen, dass wir keine Hohlbirnen sind, sondern Ninja-Spiderman-Warriors. Ich schüttel den Kopf und meine, dass es besser ist, gar nichts zu antworten. »Außerdem befürchte ich, dass der Polizist recht hat. Wir sind wirklich Hohlbirnen«, sage ich.

Abdi nickt niedergeschlagen.

»Stimmt. Sind wir Ninja-Hohlbirnen.«

Dann erklärt der Polizist, dass wir uns nicht vom Fleck rühren sollen. Ein Profikletterer sei schon unterwegs und würde uns retten. Bis dahin sollen wir schon mal überlegen, welche Erklärung wir für diese Aktion haben.

Abdi und ich gucken uns an. Es ist klar, dass es jetzt nicht mehr unentschieden steht. Viel schlimmer. Wir haben beide verloren. Aber so was von!

SCOREBOARD NINJA-HOHLBIRNEN-BATTLE
TEAM ABDI: 0
TEAM JUSTUS: 0

ABDI:

Ende gut, oder was?!

Seit dem Tag der großen Challenge ist eine Woche vergangen. Aber ich habe immer noch Kartoffelkeller-miese Laune. Kein Wunder, oder was?! Ich wollte Ninja-Warrior-Superhero werden.

Aber was bin ich geworden? Negativ-Ninja, der bis zum Ende des Schuljahrs Hausarrest hat, kein Taschengeld mehr bekommt und die Worte Challenge, Battle und KING OF SCHOOL besser nicht mehr in den Mund nehmen sollte. Weil seine Eltern ihn sonst enterben und zur Adoption freigeben würden.

Justus Bieber geht es nicht viel besser. Seine Eltern sind auch Darth-Maul-mäßig stinksauer und

haben ihn schwerst mit Taschengeldentzug und Ausgangssperre bestraft.

Immerhin, die Polizei hat uns an dem Tag nicht gleich ins Gefängnis gesteckt. Weil, mein Papa ist ja auch Polizist. Es waren Kollegen von ihm, die uns auf der Baustelle gerettet haben. Sie kannten mich sogar. Als sie gecheckt hatten, dass ich es bin, haben sie mit den Augen gerollt und gesagt: »Abdi Halman! Dein Vater hat dich wirklich nicht verdient. Wieso kannst du dich nicht einfach mal normal benehmen?!«

»Weil geht halt nicht, Kollegas. Mein Kumpel Justus und ich haben Ninja-Chaos-Gen! Müssen wir krasse Aktionen machen! Ist angeboren!«

War wohl ein Wort zu viel. Die Polizisten haben mir und Bieber Handschellen angelegt. Sollte natürlich nur Spaß sein. Aber Bieber und ich waren trotzdem geschockt! Wenn uns unsere Eltern so sehen, denken sie bestimmt, wir hätten Bank überfallen oder so.

Bevor die Polizisten uns dann nach Hause brachten, haben sie die Handschellen aber zum Glück wieder abgemacht. Unsere Eltern waren erst einmal zuckerwatte-mäßig erleichtert, dass uns nichts passiert ist. Das mit dem Hausarrest kam dann erst später.

Heute, also eine Woche später, haben meine und Biebers Eltern sogar eine Ausnahme gemacht. Weil: Heute ist große Schulparty! Wir

haben beide so lange gebettelt, bis wir hingehen durften.

Ist logischklar, warum wir da nicht fehlen dürfen, oder? Erstens müssen wir mit unseren Teams noch einmal die Challenge durchquatschen und alles.

Zweitens, und das ist noch viel wichtiger: muss ich unbedingt mit Paksoy tanzen. Aber ich traue mich nicht. Die Gangster lachen mich aus und Gleb sagt: »Das darf doch wohl nicht wahr sein, Abdi. Du kletterst auf den höchsten Kran der Stadt, aber traust dich nicht, ein Mädchen zum Tanzen aufzufordern?«

»Bin ich Romantik-Ninja, oder was? Never ever! Vielleicht könnt ihr sie für mich fragen, oder was?«

Die Gangster und ich streiten noch eine ganze Weile herum, bis ich plötzlich eine Stimme hinter mir höre. Sie sagt im Zuckersüß-Sound: »Du, Abdi …«

Ich drehe mich um. Es ist Paksoy. Sie trägt voll krass sexy Ballkleid und ist so schön, dass ich denke, ich werde blind. Gleb gibt mir Schubs und flüstert: »Los, red mit ihr!«

Ich sehe Paksoy an und sage: »Äh ... also ... öh ... üh ...«

Sie so: »Wollen wir vielleicht tanzen?«

Ich so: »Du meinst so du und ich?«

Sie so: »Ja, dachte ich eigentlich.«

Ich so: »Logisch-ist-klar, total gerne, oder was.«

Paksoy lächelt wie Pandabär und ich lächle auch wie Pandabär. Kurz darauf drehen wir Arme-um-Hals-mäßig und Arme-um-Hüfte-mäßig unsere Runden über die Tanzfläche. Paksoy sieht krass schön aus wie ein Hollywoodstar und riecht wie ein Rosenbeet und fühlt sich in meinen Armen geschmeidig an wie ein Lenkrad vom Ferrari. Wir tanzen einen Song, dann noch einen und dann noch einen und wollen uns gar nicht mehr loslassen. Dabei rücken wir immer weiter zusammen, bis wir Sardinendosen-mäßig eng umschlungen sind. Leise frage ich sie: »Sag mal, Paksoy, war eigentlich ernst gemeint? Dass ich dein King of Heart bin?«

»Natürlich, Abdi.«

»Aber verstehe ich nicht. Weil du bist Superschlau-Mädchen! Und ich bin Ninja-Streiche-Chaot.«

»Ach, Abdi, eigentlich bist du doch auch superschlau! Du verstellst dich nur! Außerdem ist mir das ganz egal. Ich mag dich trotzdem.«

»Ich mag dich auch, Paksoy. Du bist meine Queen of Heart.«

Wir sehen uns noch einmal in die Augen und dann machen wir schmatzknutsch, was das Zeug hält. Ich sage euch, Checkers, meine Arme und Beine sind dabei so Pudding-mäßig schlabber-kribbel-weich, als stünde ich auf 1.000-Meter-Kran. Macht aber nix. Weil ist trotzdem schön, oder was!

JUSTUS:

Lustig – aber noch lange nicht Schluss!

Ein paar Tage später stehe ich mit den Jungs auf dem Schulhof. Es ist große Pause. Wir sehen uns auf Dereks Smartphone einen der Videoclips von unserer Challenge an.

Plötzlich hören wir ein vertrautes Pittbull-Knurren hinter uns. Wir drehen uns um und wer steht vor uns? Natürlich, Abdi und die Gangster.

Sie gucken uns nicht mehr ganz so finster an wie früher. Die Kransache und die ganze Challenge haben uns zusammengeschweißt.

»Was gibt's, Abdi? Seid ihr gekommen, um euch zu unterwerfen? Hast du endgültig genug von unserem Battle?«, frage ich.

»Bist du Mein-Gehirn-ist-weg-mäßig verrückt geworden, Bieber, oder was?«

»Ich dachte ja nur. Also, was gibt's?«

»Ich bin hier, um zu besprechen, wie es weitergeht. Müs-

sen wir endlich klären, wer von uns **KING OF SCHOOL** ist. Logisch, oder was?«, sagt Abdi.

»Klar. Aber darfst du überhaupt noch battlen? Oder Streiche spielen? Oder Chaos-Aktionen machen?«

»Wieso nicht?«

»Na ja, ich dachte, dass dann Paksoy sauer wird. Vielleicht hat sie dir das Streichespielen ja verboten? Weil sie zum Beispiel lieber mit dir knutschen will?«

Daraufhin müssen alle lachen. Sogar Gleb, Jawid und Eymen.

Abdi guckt sie kurz böse an, zuckt dann aber lässig mit den Schultern und sagt: »Paksoy weiß, dass ich Streiche-Chaot bin. Das stört sie nicht. So, wie mich nicht stört, dass sie Superschlau-Mädchen ist! Aber vielleicht hast du Angst, weil Leela sauer wird, wenn Battle weitergeht, oder was?«

Ich laufe rot an. Seit der Schulparty sind auch Leela und ich ein Paar. Während Abdi und Paksoy ihre Runden übers Tanzparkett drehten, habe ich mit Leela dasselbe gemacht. Und auch wir haben knutschschmatz gemacht, wie Abdi sagen würde. Es war superschön.

»Leela stört es bestimmt nicht, wenn der Battle weitergeht. Schließlich weiß sie, dass ich der geborene **KING OF SCHOOL** bin. Also, was schlägst du vor? Wie bringen wir die Sache ein für allemal zu Ende?«

»Problem ist Folgendes: In Schule können wir nicht battlen wegen Kakadu. Und außerhalb der Schule geht auch nicht wegen Polizei. Also habe ich Vorschlag.«

»Raus damit. Ich bin gespannt.«

»Nächste Woche ist Klassenfahrt! Logisch sind wir da nicht in Schule und auch nicht in Stadt! Da haben wir eine Woche Zeit, um Battle endgültig zu Ende zu bringen. Was sagst du?«

Ich werfe den Jungs einen fragenden Blick zu. Alle grinsen kampflustig. Auf die Klassenfahrt freuen wir uns sowieso schon. Aber wenn wir dabei auch noch den Streiche-Battle zu Ende bringen, wird es garantiert die beste Woche unseres Lebens!

»Alles klar, Abdi. So machen wir es. Die Klassenfahrt wird zur Battle-Woche. Aber mach dich auf einiges gefasst. Klassenfahrt-Streiche sind meine absolute Spezialität.«

»Vergiss es, Hohlbirne. Sind meine Spezialität. Aber so was von! Wirst du Augen machen!«

»Vergiss es, du hast jetzt schon verloren.«

»Bist du hirngeschrumpft, oder was? Du hast verloren.«

»Du!«

»Du!«

So geht es immer weiter, bis wir am Ende des Schulhofs Paksoy und Leela entdecken. Daraufhin ist der Battle erst einmal vergessen. Aber nur, bis es auf Klassenfahrt geht. Das wird lustig, so viel steht jetzt schon fest.

LEELA

Jakob M. Leonhardt

Kings of Chaos

Zahm wie Schulhofhaie

Als ich ins Haifischbecken meiner neuen Schule springe, also den Schulhof betrete, ist mir sofort klar, mit wem ich es hier zu tun kriege. Abdi grinst wie ein T-Rex vorm Frühstück und führt seine Gang direkt auf mich zu. Gleich werden sie mich zu Fischfutter verarbeiten. „Binisch King of School", verkündet Abdi und da passiert mir leider etwas sehr Dummes: Ich fange an zu lachen, laut und wiehernd. Ich krieg mich gar nicht wieder ein. King of School? Träum weiter! Es wird hier ganz sicher nur einen King geben, und der – bin ich!

160 Seiten • Arena Taschenbuch
ISBN 978-3-401-51164-1

Bleib locker, Stinktier!

Yeah! Klassenfahrt! Wir sind für eine Woche auf dieser spukigen Burg irgendwo mitten im Wald. Weit weg von Direktor Kakadu und unseren Eltern. Wann könnten Abdi und ich unseren Battle besser zu Ende bringen, wenn nicht jetzt!? Abdi ist allerdings echt genial, das muss ich zugeben! Er ist mir immer einen Schritt voraus. Wie macht er das nur? Oder steckt vielleicht noch jemand ganz anderes hinter den Streichen?

144 Seiten • Klappenbroschur
ISBN 978-3-401-60477-0
www.arena-verlag.de

Arena

Jakob M. Leonhardt

Knapp vorbei ist auch daneben
978-3-401-50550-3

In der Faulheit liegt die Kraft
978-3-401-50551-0

Chaos ist das halbe Leben
978-3-401-50552-7

Erst der Spaß dann das Vergnügen
978-3-401-50553-4

Arena

Jeder Band:
Arena Taschenbuch
www.arena-verlag.de

Tom Limes

Voll verkackt ist halb gewonnen

4 Außenseiter, 4 kaputte Träume und nur eine Chance, alles wieder geradezubiegen. Julian, Liza, Tariq und Max haben es wortwörtlich verkackt: Die vier sind Rekordhalter im Sitzenbleiben und haben schon mehr Lehrer in den Wahnsinn getrieben, als sie zählen können. Gemeinsam wollen die vier jetzt aber zeigen, warum sie an ihrer Schule von Anfang an keine Chance hatten ... Der Plan: Sie drehen ein schonungsloses Video – derb, wütend und ein bisschen hoffnungslos. Doch ausgerechnet dabei finden sie heraus, dass auch sie noch Träume haben. Träume, für die es sich vielleicht sogar zu kämpfen lohnt.

Arena

Auch als E-Book erhältlich

256 Seiten • Arena Taschenbuch
ISBN 978-3-401-51204-4
www.arena-verlag.de

Thomas Thiemeyer

Evolution

Die Stadt der Überlebenden

Ahnungslos reisen Lucie und Jem mit einer Austauschgruppe in die USA. Doch als ihr Flugzeug am Denver Airport notlandet, wird ihnen schnell klar: Die Welt, wie sie sie kennen, gibt es nicht mehr. Die Flugbahn überwuchert, das Terminal menschenverlassen, lauern überall Gefahren. Sogar die Tiere scheinen sich gegen sie verschworen zu haben ...

978-3-401-51041-5

Der Turm der Gefangenen

Mit letzten Kräften erreichen Lucie und ihre Freunde die Stadt der Überlebenden. Während Jem vor den Toren gegen angreifende Tiere kämpft, hofft Lucie im Inneren endlich Antworten zu finden. Als die Jugendlichen aus verbotenen Büchern erfahren, dass sie nicht die ersten Zeitreisenden sind, entlädt sich der Zorn des Burgherrn.

978-3-401-51042-2

Die Quelle des Lebens

Endlich am Ziel! Nach einer strapaziösen Flucht durch Sümpfe und Wüsten erwacht Jem in der Oase der Zeitspringer. Doch wie ist er hierher gekommen und wo sind seine Freunde? Katta ist verschwunden, Lucie und der kleine Squid liegen im Koma. Als Anführerin GAIA sich seiner annimmt, keimt in Jem Hoffnung: auf Rückkehr, auf ein neues Leben.

978-3-401-51043-9

Arena

Auch als E-Books erhältlich und als Hörbücher bei Rubikon Audio

Jeder Band:
Klappenbroschur
www.arena-verlag.de